三合院靈光乍現

故事書

楊富閔

目錄

拍噗仔——

九層塔得勝頭回

這株九層塔小樹，到底它是誰家的呢。

黃昏山區媽祖廟邊，常常我在三樓後棟開窗，仔細辨別不同民宅傳來烹飪的各種聲響，以及來自古厝埕斗的各種動靜。三樓窗外是麻麻密密三合院聚落，一路若從遠處矮山目光向我身處位置數起，可以說又是密集中的密集，四界可見三合院的ㄇ字格局，只是座位朝向不太一致。或者像ㄈ。或者像凹。或者像コ。弄得很像我正在檢查視力。

我常聽到抽油煙機聲響，卻不知從哪傳來。三合院與三合院的連接沒有邏輯，無端空出一片畸零地是時有的事，最愛拿來養火雞種白菜停無牌農用車；我也常在三樓看見一名趕送瓦斯的老歲仔身陷其中，疑似走失，繞了半天就是騎不出三合院的巷仔路，他像是在進行一種時間限速的道路遊戲——因為煮飯的洗澡的全在等候救命的瓦斯。

距離我家最近的一塊地，附近宅院無人起居，三合院尚且拆到剩下半邊。空地叢生雜草，卻有九層塔小樹一株突圍生長，不夠仔細還看不出來。我想起那日天色將暗，被告知來此採摘九層塔葉，不是要炒蛤蠣、也不是煎顆蛋，夏季雷陣雨後的野味加菜，我們要吃一盤外面當令賣貴桑桑的蝸牛肉。

然而我不知如何摘採，甚至低身聞了一下，才能肯定它就是九層塔。同時擔心這株是別人細心種植，沒有通知隨意採它幾片，在視線逐漸不清的晚餐時間，我倒像一名心虛的竊賊了。附近護龍白色燈依序亮起，埕斗陸續出現歸家車輛，到處都在放光，照出一處處的舞臺，連月光也在替我打上斯巴賴。而我獨自一人對著一株九層塔小樹，想問問可否借我幾片你的葉子。

故事中

古厝埕斗的同框敘事

最先拆除的是我們的三合院，接著才是媽祖的廟身，次序考量不知從何而來，我想是有看過時辰的。工程停動一段時間，我念教會學校高一，大約二〇〇二、〇三年，古厝與廟身完全拆除，記得住家附近時常走有砂石車輛，清理之後讓出一大片黃土地。這就是媽祖廟二點零的建物地基。

我們世居的百年古厝如今正是媽祖廟的大殿，我們的三合院後來成了媽祖地。我們曾經住在媽祖隔壁。

很確定自己寫過關於古厝拆除的文章，且就刊載在高一學生週記，週記叫做《黎明心橋》。奇怪每本從頭到尾翻過一遍還是沒有發現，我卻清楚知道文章情緒是充滿焦慮。似乎十二月的某個冬日晚間，放學校車停在上下車的媽祖廟站，一身疲憊走在山村路邊返家路線，是我無意撞見了白日動工完畢、眼前已是這邊一堆、那邊一堆的三合院。我們當然明白拆除本是遲早事情，入夜進門還是壓抑不了心中震撼，不停且持續想要找人開展對話。

祖母提到早上先是進行一場祭祀，三合院老一輩，該到的都到了，經過了焚香祝禱與稟報諸神，燒完金紙過後，似乎驚動現場生靈，無端從廳堂、從護龍，陸續蛇出好多無腳的。所謂看得見與看不見的都懂得該走了。

我們的三合院如同臺灣縣市各地聚落可見的三合院，類似的格局，不易清楚知道它最初什麼時間打下根柢，如何形成眼前可見的樣廓，但是得以確定：它們都是不停擴建、增生，甚至修復的。三合院故事於我也就永遠都是充滿動態，如同我對文學看法亦靜亦動，總在不斷重構、改寫與定義。

想像一早拆除的古厝埕斗，當天現場又是哪些親屬到了呢？祖母描述右護龍二伯公二姆婆，左護龍八叔公八嬸婆，邊間的婆祖一家，加上最外圍輩分低的我們一家，浩浩蕩蕩也是頗有規模。這座他們年輕時期住過的舊式宅院，歷經了多少次的地震風災，無數子孫在此出生、離世、婚嫁。眼前厝身的伸手顯然已經承載過重的敘事，讓人一時難以簡單講清也無法講清，或許適合選個時機逃逸，像是白河地震那晚集體奪門而跑，但是又不能離得太遠。

我手邊關於三合院的地政資料，最早一筆得以溯至二十年代，記載文字顯示它是臺南州曾文郡大內庄大內九百九十九番地；我聽說曾祖父在此出時，而他生於十九世紀末年的日治早期，古厝的年紀為此還要再往前推。我抵達媽祖廟則是二十世紀最後十年了，換言之古厝身世至少超過百年是毫無疑問。

記得廳堂邊角後來設有國民政府時期的門牌號碼，清楚告知此地座標乃是臺南縣大內鄉大內村一百零四號。我們一群解嚴前後出生的孩子常常抬頭對著這組數字深鎖眉頭。

祖母是在民國六十五年，帶著父親等人陸續遷至後來的新屋，三合院也在那時成為我們口中的舊厝，舊厝還會有人寄來郵件嗎？印象中是有一張自來水單，當日我們剛好在埕斗嬉鬧，意外闖入的綠衣郵差表情同樣困惑，聰明的孩子倒是立刻察覺：所以這裡是有水龍頭的。

我也記得廟地拓建那段時日，恰好祖母怕熱難以入睡，趴在二樓後院陽臺吹涼，我常放下廣播節目與地理自修，前來與她東南西北聊天，我跟阿嬷阿公真的很有話講，面對無邊無際黑麻麻三合院，我們的想像也是無邊無際。

實則古厝空間充滿各種活用可能，這是一個適合練習講故事與聽故事的好地方，理想的故事會找到理想的文字，說者聽者在其中取捨、狂想與捏拿，說與聽合而為一，我會繼續摸索、慢慢建立、朝向一些關於文體或者什麼的作品。

〈古厝埕斗的同框敘事〉雖然名為同框，萬項世事合而為一，於我卻是不斷溢出，實虛並進的連綴創作。《福地福人居》、《三合院靈光乍現》兩書篇目的大小子題，彼此彷彿牽著愛的小手，各自美麗，各自招呼，卻又共構出了更多燒的電的，燒怕電的故事。

我也想起不少夜晚恰好碰上廟方開壇，大隊人馬子夜從廟埕出發，跟隨法師與輦轎來到廟後的聚落，也就是眼前這片三合院。我們祖孫身處二樓，根據鑼鼓聲響，判斷執事隊伍現在走到哪個方向，猜測放大版的媽祖廟未來將要蓋到什麼地方。大家都知媽祖婆是出來踩廟地，當時祖母在想些什麼呢？二十歲嫁至這座三合院成了楊家媳婦，她是不是也有一點感到可惜。

地表的煙花

農曆八月十六的前一日，我們固定晚餐時間結束，一群古厝親屬堂兄弟姊妹，摸黑來到三合院施放下午採買的煙火。說是摸黑並不精準，我們確實沒有攜帶手電筒——因為閉著眼睛憑著本能，也會走回通往古厝的路。我們只是應景地以仙女棒當火燭，一路放出光芒，彼此牽引，前後看顧。我的仙女棒比較大支也比較昂貴，一組一百元，別人手上都是幼秀的細支，一組二十五。主要是大支的拿在手上特別能夠刷到存在感，常常其他仙女棒各自慧花，剩下我的還在發光。還要燒多久啊？大家探頭過來，照出每張彈嫩天真顏孔。我怎麼會知道呢，看下去吧！

選擇古厝空間放炮，主要隱密不致射中路人，我怕煙火就怕它會攻擊路人，最怕其一叫做沖天炮，大哥習慣綁在竹竿，高高舉起對著媽祖宮廟方向發射；最怕其二叫做水鴛鴦，名字很美但是容易受傷；最怕其三叫做蝴蝶炮，簡直我的天敵，引燃之後失去控制在三合院上天下地，瘋衝狂撞，不知這位蝴蝶是在忙些什麼，最後飆向天際莫名墜落哪戶民家。我總覺得蝴蝶炮是有長眼的，它的外型確實也有目珠，且我深深懷疑它一定會向我衝來，常常閃到邊間只差沒有打開廂房躲起來。

十五夜的溪邊山村盡是煙火聲響，過節氣氛非常濃厚，加上到處浮漂烤肉炭香，人會不自覺開心起來。那時人口外移尚未嚴重，小學招生還能過去，年長人口尚多，興南客運日日總從內山聚落，載來一批批民眾來到村路看診。十五夜也是團圓夜，我們最常吃的是火鍋，小一那年印象很深，因著住隔壁在國小製作營養午餐的阿婆跑來探聽祖母在忙什麼，她說簡單吃就好，結果辦出一桌大菜。最常弄的還是夯罵，有次叔叔主揪，攜帶我們一票姪孫來到古厝夜烤，烤完一盤就端回家孝敬祖母伯公，並且口頭邀約他們一起來玩。不知為何他們紛紛搖頭喊不要。我們當晚也罕見打開屬於伯公家的右護龍，點亮唯一一盞日光燈。光線相當刺眼，引來各種蟲虫繞飛。我們的三合院是有電的。

十五夜的煙花開在曾文溪邊山區聚落，學校其實才是真正戰場，我一定是不敢去的；河堤亦是最佳施放區域，且放的是巨無霸的大炮，弄得好像廟會。我們在三合院擁有自己的小天地，而我除了負責看顧煙火，固定手拿一支粗大的仙女棒當照明，就是玩玩火樹銀花，不然蹲在地上玩蛇炮，看它如同排便不停增長，沒頭沒尾沒有細節，好像增長就是它的重點。如同十五夜的故事都是眼花撩亂、斷斷續續。十六日才有我的觀點。

某年農曆八月十六日恰好碰到假日，我們白天集合三合院，聽從大哥指示，帶開各自沿著院落小徑撿拾昨夜的煙花，地表到處都是墜落的沖天炮支、毀壞的蝴蝶炮身、燃燒殆盡的仙女枯根，等待蒐集完畢，最後集中放回古厝埕斗。不知為何我們興起這個怪怪的念頭，所謂餘燼、餘興，大概就是這個意思。

眼前的煙花昨夜又是從哪施放的呢？我們彷彿接寫故事的國校孩童，不捨得歡樂太快消散，想把時間按刻按分按秒地緊緊握著。沒想到我們撿拾煙花的無心舉動，最後意外博得盛大的美名——住三合院外邊的一位美女教師，認定我們是自動自發在收拾垃圾，我們吐吐舌頭全沒否認，隔天她還到校稟報主任，因此通通獲得三張榮譽小卡。

阿花懷胎記

有孕在身的母狗選擇來到古厝待產，最早一隻，挑中廳堂左側，這間毀損比較嚴重，窗與門洞口大開，因而讓毛孩有路出入，我們發現祂時早已生下三隻黃黑白不同色系的毛寶貝，祂是廟邊麵攤養的母狗，黑的。我們本來擔心母狗捍衛小孩變得兇悍，幾次探視靠近，給祂吃食，讓祂明白我們是齊心為了讓祂擁有飽足奶水，終於取得了信任，算是合力養大了這三隻毛小孩。

第二隻來到古厝待產的是阿花，阿花是自己來偎，以後乾脆留在騎樓養下來，有時我們喊祂楊阿花。阿花生產那日不知去哪咬了礦泉水大紙箱，挑在三合院右護龍銜接正身轉角的梁柱暗處，漏夜生下六隻康健的寶貝。也許因著初次餵養經驗，我們懂得細心看顧。阿花先天骨架細小，發育不良模樣，幾乎每個鐘點都去探視，有時碰到阿花正在餵奶，模樣相當虛弱；偶爾遇上阿花外出，我們就把食物留在原地，同時通知祖母等長輩。阿花的產事自然是我們三合院的大事。

記憶中阿花來古厝生產至少兩次，印象模糊主要因著每梯毛孩色澤大同小異，命名都很雷同，讓人想起早年每戶人家都生好幾個：曾祖母就生十個，養活三個；姆婆生七個，生超過十個大有人在。真是不可思議的時代。阿花產下的掌心大毛小孩，致使本無動靜的古厝埕斗一時生機旺盛，好像在辦什麼喜事。我們常常笑鬧藉著毛孩膚色，集體猜測父親可能會是附近哪隻公狗，一整天泡在古厝摸狗根本不想回家。

印象模糊也包括毛小孩後來或者各自送人，或者夭折無法長大，最後沒有一隻留在阿花身邊。其中一次生產我們跟得很勤，幾乎一路從掌心大看到能跑跳。不少人一聽聞古厝生了一窩，便傳來想要認養的意願。我們紛紛豎起神經，很怕私心最愛的會被挑走。記得其中一隻被母親公司同事領養，還大隊人馬騎單車前去探望，像是擔心沒被善待，畢竟算是原生家庭。

也曾一個下午，我在古厝發現兩隻死掉的毛孩，當時體型已經變大，死因不明，大概營養不良，祂們一隻趴在柴堆附近，動也不動，白色的；另外一隻，全身打直臥倒草叢，棕色的。三合院很快恢復往日平靜。我不知那也是阿花最後一次生產，捕捉流浪動物的卡車同時密集出現鄉村道路，抓得很勤。聽說阿花是在一次我們全去念書時候被撈上去的，祖母描述那臺車上哀號不斷，關了好幾十隻，時間大概一九九九，此前黃仔已經病倒，黑仔溺斃水池，阿花的被離開同時預告古厝敘事即將轉入全新篇幅，因為隨後要走的是曾祖母、然後三合院就要拆了。

我的手邊有張阿花產後照片，當年特地裝底片為祂拍下，祂的神情和善，我們都說阿花初次當媽，且是父不詳的單親媽；還有一張是我們堂兄弟姊妹在古厝埕斗蹲成隊形，穿著大內國小運動服飾，照片洗出之後發現全都沒看鏡頭，反而對著畫面前方呆笑，後來仔細一看，才知是拍到不小心亂入的阿花尾巴，一坨失焦的灰白色系，失焦並非相機不好晃到，而是楊阿花正用力搖尾。祂逢人就是用力搖尾，而誰能清楚捕捉搖尾的瞬間呢。

地動第一排

一直地震，一直、一直地震。臺灣文學作品的地震書寫，數量驚人且龐雜。這些書寫帶出一頁島嶼的災難史，於我而言更是心靈的重建史。自從歷經一六年小年夜冬震，後來任何風吹草動都讓我神經發麻。那晚父親感知地震，隨即彎身對著地表發出哞哞聲響，像在安撫情緒躁動的地牛。這個特殊儀式，聽說他是從祖母身上學來的。

我們的古厝歷經數次震災，一路從日治時期挺到二十一世紀，九二一它完好無傷，稍有災情的是白河大地震。祖母形容那晚天搖地動，所有孩子先被她趕出戶外，未料一座橫倒衣櫃硬生擋住穿門，外面的世界到處驚聲尖叫，祖母不知向誰求救，成為第一時間沒有逃出古厝的人。

是夜三合院眾親屬以白蓮霧樹下當成臨時疏散空間，或坐或躺或睡，襁褓中的孩童痳痳哭號。這裡一戶那裡一家，靜定地在餘震中等待天放亮光。祖母後來是經由某位叔公幫搬衣櫥，趕緊奔赴白蓮霧樹，三名子女瞪大眼睛等在柴堆，年輕的祖母剛剛喪偶，小孩緊緊靠在身邊。

天亮才知昨夜壓死不少鄉民，遺體全都暫時擱在路邊。以前嬸婆常說，我們現在居住的樓厝對角，白河地震壓死一對姊妹；菜場附近也有不少屋舍倒塌，白天大家收拾災情，這邊敲打那邊修護，古厝為此補得更加牢固。

我們古厝除了建物自身，向前延伸一邊先是祖母的雞寮瓜棚，公共的柴堆，接著是一棵白蓮霧樹，另一邊則是停靠多臺牛車，各家養護的牛隻在此歇息，也就是停車格的意思。兩邊為此簇擁而出一條得以走向古厝的大路，大路盡處就是我們的廳堂。

我們古厝一有外人出入，很快會被發現，只是空間本身並不封閉，到處出口，地動來時容易逃命，古厝四通八達，得以接去許多所在。我們以前去媽祖廟都是抄古厝的捷徑，媽祖進香引來的外地香客，也會閃到我們古厝隨地小解，噴得厝身都是潑墨山水畫作，這是另外一則故事了。

果袋小劇場

我從小喜歡做家事，除了樓厝自身的灑掃之外，戶外的家事諸如清理垃圾、收拾衣物我也樂在其中。家事項目太雜，其中曝曬果袋又算是比較搞剛的。

每年果子產季結束，有些果袋看來不壞，仍可重複使用，只是皺了一點，我們常在騎樓手工進行一個攤平的動作。完成之後，按疊逐件綑緊，好大一包搬到古厝埕斗接受陽光曝曬。有時埕斗碰到嬸婆也在曝曬，我們習慣就用竹竿當成區隔。果袋回收依照時間先是酪梨與愛文，其後才是文旦與白柚。記得曾經為了防止水果被偷，異想天開想在果袋做個記號：一次用噴漆挑了個阿拉伯數字；也有一次乾脆寫楊，然村莊到處姓楊太容易搞混。最後為了到底設計什麼當成正宗標誌，上下動員傷透了腦筋，最後乾脆保持原狀，素素淨淨的。

我們來到戶埕向日頭借光，動作都是彎著身，在劇場一般的埕斗細心鋪上一張一張果袋，有時土豆、藥草等需要保持乾燥的好物，也來湊個熱鬧，曝曬面積因此更大更廣。然埕斗是以果袋最為常見，整個戶埕皆是練習排列組合超大平臺，我們喜歡排得齊整大方，感覺像玩撲克牌釣魚遊戲。因為果袋這個那個一個模樣。

也常事先動員集合田裡撿拾地上落果，同時查驗果袋是否堪用，經常落果淘汰，果袋倒是留了下來。結果纍纍的時節，到處都是白色果袋，袋中躲著一顆顆文旦白柚，酪梨也常使用白的顏色，生得密密麻麻，遠看如同一座幽靈果園。我喜歡的果袋是茶褐色，送人水果很愛連著果袋，尤能體現很慢的精神，看起來也較有臨場感。

我們在埕斗顧果袋，半個小時就來翻翻看看，透起南風果袋形成漫天狂飛畫面，如果現場搬來一臺大型風扇將果袋吹得更高，便會變成綜藝節目彷彿新臺幣在飛，於是這邊抓一把那邊抓一把。

果袋材質得以寫字，這是從小我就知道的事。不少果袋臨時拿來速記行情與斤重，也看過當來當作零錢袋，方便賣家找錢。我幻想每個果袋得以抄錄一些什麼，當成某種許諾與祝福，然後穿在等待發育的幼果身上，像是一種成年儀式。它們未來逐漸變大變圓，紙上文字就會同時撐大撐圓。有些文字隨著結果，讓人清楚閱讀；有些文字因著果實孬生，什麼都沒發生；有些文字歷經摘採、回收與日曬，變得滾燙或者無法辨識。這些文字就與愛文酪梨文旦白柚一起變形，文字與果實互助共生，然而什麼又是屬於酪梨白柚的文字呢？你與我最後讀到吃到的又是什麼。

或者果袋也可拿來放一本好書，袋中殘留的果香與新書的紙香混成一塊，感官為此無限放大，文學原來還有很多作法。大概我會放下一本空白筆記，拿去演講現場交換禮物，我要交換的不只是等待讀者謄寫的故事，還有關於果袋一路上樹下樹的身世。單位就以顆算計，一顆又一顆的故事。

抒情清果機

清果機、選果機、洗果機……為了查明這座形狀特殊的機器本名叫做什麼，我問遍了親戚鄰里，加上外型又難比擬，最後得出了以上的答案，而以上的答案皆是對的。

這座機器分成兩段，一段拿來清洗水果的設備，浴缸一般地布滿刷洗的鬃毛，電源啟動，待命的水果立刻進行全身spa，畫面看起來很療癒；一段則是流動式軌道，安裝一個又一個圓柱體的滾筒，目的要將大小不一的果物進行初步篩選，滾筒上頭布滿圓形鏤空的窟窿，最早掉入窟窿的自然就是最小顆的。印象中至少四個滾筒四道閘口，最後一道閘口數量最低，來到這裡的都是特大號的柳丁，拿去拜拜看來很有派頭。記得閘口還有小門，我們最常幫忙進行拉開小門的動作，得以目睹柳丁洩到裝箱臺仔的瞬間，這時彷彿柳丁都在招手歡呼，華特迪士尼動畫都這樣演。

清果工程有了機器，當然更需空間，我們首選古厝埕斗，鋪上一張藍白帆布當底，怕風吹兩邊壓上竹竿，眼前盡是經過篩選淘洗、各自帶開的柳丁小組，它們依著身形整隊，埕斗一時像是入市前的集合場，接下來就要交貨或者裝箱去批發菜市了。

我們常常整個下午都在協助清洗柳丁，這也是此生見過最有趣的農用機。二爺和貝公都曾自購一座，不少農家會來商借。貝公那臺一直擱在護龍走道，古厝拆除之後無處擺放，遺棄路邊街角，時常會有貓群當成床榻睡臥。伯公怕壞且將它帆布包得密通不風，每次經過大家都說不知還能不能用。主要是我們的柳丁園隨著河床徵收走入歷史，沒有機會派上用場，也不懂當賣家二手出清。貝公過世，機器持續擱在原地，十多年了現在還在那裡。

印象最深一次，我們正在埕斗打球，貝公開著噗噗載著滿車柳丁，黑仔黃仔前後照應，姆婆也在車上；我們從小懂得看人臉色，立刻就把空間讓了出來，這時才知後續是要清洗柳丁。於是紛紛放下手套球棒，攏靠機器附近，探頭探腦看著莊稼人大伯公如何操作現代機器，接著有人幫忙抬柳丁，有人幫忙鋪帆布，兩隻瘋狗趴在柳丁山丘玩到翻肚，讓人看得覺得羨慕。

雖是機械篩選，有人又去重複檢查，希望確保不要落差太大，閒置在旁的人拿起手上的棒球，混在柳丁汁中送上輸送軌道，請問柳丁大還是棒球大呢？這時有人在旁當起辯士，實況轉播這顆棒球亂入的洗選過程。我們的棒球洗得真正乾淨，接著它會落在哪個窟窿呢？我們繼續看下去。

米國的紅瓦

後來我們發現最好藏身之處就是爬上屋頂，紅瓦上的貓步男孩，襯著山色天色，正在屋脊走臺步。我們好怕這時叔公嬸婆突然出現，貓步男孩卻又樂得不停分享紅瓦上的好視野，他說廟頂邊溝也卡了很多顆球呢，還有不知哪年從天而降的沖天炮頭。

我從來沒有也不敢上去，不久前我們因踩破屋瓦導致屋內漏水，大家雖然矢口否認，最常古厝出沒的自然嫌疑最大，早就被點名作記號了。古厝因與廟宇共構，我們也很好奇廟頂的景觀，貓步男孩身手矯健，意圖跳到廟身，我們連忙揮手要他下來，不要玩那麼大。

實則平日我們古厝玩伴，除了一票堂兄弟姊妹，更早一點還有附近學生，他們都與大哥相熟，玩彈珠與練接球的好弟兄，黑乾瘦的貓步男孩是其中之一，興趣與關懷與我大不相同，交集的部分，就是我們都熱衷玩覓相找。覓相找就是捉迷藏，念成臺語有時變成米國吹，貓步男孩說躲到美國讓你找的意思。

藏躲的遊戲我們多少都有經過，我最常窩的是神明正廳，不知為何有副神主牌遲遲沒人請走，我躲進廳堂只是為了那座神主牌，一人靜靜處在先祖魂魄環繞的所在，我的內心也不感到害怕。

古厝可以躲的地方其實早就翻過一遍，甚至連貝公的清果機都被拆開，整個人睡在塑膠鬃毛之中，聽說癢到不行。最後乾脆躲到厝頂，才知道我們並不習慣抬頭探看。記得有次我已被逮，現場等著隊友陸續現身，我都看到貓步男孩屋脊前後漫步，鬮主還是沒有發現他。另有一次，同樣躲到厝頂，祖母熊熊現身，我們全部嚇傻。完全露出的貓步男孩無處可躲，鬮主這才抬頭終於看見了他。

這時故事來了一個反高潮，祖母說，唉呦，你順便厝頂那些有的沒的撿一撿。米國吹的遊戲於是中場暫停，我們回到戶埕撿拾從天而降的各種垃圾：鋁箔包、保麗龍、煙火的剩餘、風化的棒球，以及乾癟變形的海灘球。一眼我就認出它來。這是某年去秋茂園買的。

我們化身戶埕清潔大隊，某種意思也是一種使用者付費，我們付的是勞力，祖母且說爬下來要小心，大家跟著緊張起來；這時祖母又瞥見正在攀長的瓜藤，剛好一粒體格肥美的菜瓜就橫生屋脊，貓步男孩為此奉命順路摘了一條菜瓜，從上海拋了下來，我們紛紛向前湧去接瓜，好像在看電視《百戰百勝》。

貓步男孩氣定神閒，這回倒是成了英雄，又說厝頂還有一顆，我們站在下面，因著視覺死角，根本沒有見到。貓步男且用手比出菜瓜長寬。祖母應說很大粒了嗎？大粒就挽下來，拿回去送你阿嬤。

走錯棚先生

正廳是本壘，貝公家是一壘，正廳對面是二壘，八叔公家就是三壘了，古厝埕斗畢竟不大，內野就是外野，兩側護龍自然就是看臺區。記得我們的高飛球常常越過護龍，到處找球又成了比打球更好玩的事。

我們會在這裡舉行各種賽事，大家都是中職球迷，各有擁護隊伍，喜歡拿日曆紙畫海報，貼在古厝紅磚牆上。我喜歡的隊伍是味全，味全的五個圓圈很難畫得齊整，喜歡統一畫個勾勾，弧度卻又難以掌握。我們露天張貼彷彿展覽，埕斗儼然像個藝文空間。

其實從小家中熱愛運動，又特愛看中職，週末現場直播的賽事客廳都會擠滿鄰人親戚，總是為了全壘打或者三振出局大聲歡呼，還自備加油棒。記得二樓藏有很多《兄弟》雜誌，叔叔下班則從永康帶回當天的《民生報》，它們的體育版娛樂版很精彩。有次帶回一系列棒球書，其中一本叫做《職棒年鑑一九九三》，詳列每場賽事的攻守陣容，讓我愛不釋手，這算是文學啟蒙讀本之一。一九九三是職棒四年，我看這書是在一九九五，剛滿七歲，升上小一。當時我也擁有一個私人手套，外觀紅色內裡藍色，造型卡通但很耐用，是父親在東帝士百貨一樓廣場替我買的。

九三年也是我們在三合院玩得最瘋的一年，彼時村子打球風氣很盛，出入我們古厝的人群更形複雜，主要是來練習接傳球，後來他們也會自己來，引起祖母與嬸婆的擔顧。我才警覺雖是露天空間，畢竟還是私人的。

一次假日，我們早上來到古厝，一個陌生男子站在埕斗，拿著我們扔在地上的塑膠球棒東西比畫，本來貼在厝身的手繪海報，更是早已撕得一塌糊塗，領頭的大哥前去抗議，主要先前已有多次遭到破壞的紀錄。然大哥講不到幾句話，立時被這名十七八歲的陌生男子回嗆滿口髒字，我們到底招誰惹誰啊？他且拿起塑膠球棒狠狠K了大哥一下，我們手足在旁全體看到驚呆，最後還將球棒拋上厝頂。大概我是不好對付的弟弟，但凡家人遭到攻擊鐵定火力全開，正當男子準備抄捷徑往媽祖廟方向前去，我唯一可做的就是發出警告，然後死命記住他的五官，立刻回家通知二爺，留下其他弟妹等在原地安慰哭泣的大哥。

之後一段時間，我們罕少前來古厝，住家附近斜角那時開了一間泡沫紅茶店，知情都知內部是電動玩具間，出入人群又更複雜，我們根本不敢靠近。某日我在騎樓不巧認出那名男子走了進去，轉頭通報正在客廳的二爺、父親、叔叔，同時放出消息給孀婆隊伍。我們兄弟目送他們魚貫走入泡沫紅茶店，大哥怪說要是把他惹毛，以後在外被他圍堵怎麼辦呢。

為此之後又是更長一段時間，因為擔心古厝無人，男子真正烙來兄弟，四下無人實在太過危險，曾經笑鬧的埕斗反而成為我們的一級禁區。然而我常想起男子一人在埕斗揮著球棒的模樣，姿勢準確，他是不是很想加入我們啊？那日被扔到厝頂的球棒，最後則是我們拿著竹竿踩在高椅，小心謹慎就怕傷了瓦片地將它嚕了下來。嚕了下來才發現已經龜裂嚴重，我們乾脆擱在原地，球棒是紅色的，像是一記紅色的驚嘆號，留在空空蕩蕩的古厝埕上。

祖先的臨停

若說二十一世紀的第一件大事乃是人瑞曾祖母的仙逝，那麼第二件大事則是伯公、姆婆、姑婆相繼離世，就在短短幾年之間。任何人無法自外於此，而我卻正在準備離開大內，告別生我養我的曾文溪大家族。

曾祖母過世而三合院拆除之間，還有一件小事，從中接駁了故事情節，於是我們不妨將目光移轉到了古厝埕斗的兩張木床。

一九九九年十二月二十二日早上七點曾祖母斷氣，因為淨空客廳，原本起居床榻無處可擺，最後經由孫輩父親與叔叔之手合力扛到古厝閒置，此一舉動立刻驚動鄰里旁人，曾祖母歸西消息從此東南西北傳開。

兩塊木板拼湊而成的臥床，當年出資的是伯公祖母，曾祖母這點錢都不願他人花，最後謊稱說只要五百塊，她才勉強接受。當時她已無法爬上二樓，必須在客廳搭設簡易臥房，我們齊手布置了她的房，母親還設計拉式門簾，保護人瑞隱私不輕易見到光。

實則兩張木床日曬雨淋，直至古厝拆除根本沒有處理，好像它就應該放在那裡，如同剛剛落壙的超大棺木一般，看人啊床啊棺啊是如何爛光，以此想像身首腐爛的進度。

據說早年曾祖父母是睡在廳堂右側，輩分較低一點。我曾到過這間暗房，基本上它就是荒廢狀態，堆滿歷史至少超過三十年的雜物，部分骨董家具罩在灰塵之中，我們踏入都是摀住鼻子，隱約聞到一點農藥味道，農具堆放的緣故。倒是瓦片相當牢固，沒有漏水狀態，進來純粹撿球，不會停留超過五秒。

有段歷史最近被我挖了出來，不知道算不算黑歷史，曾祖父母並不常住古厝，他們甚至自行搬到古厝外圍的鐵皮矮屋，兩老自己過起簡單生活，放任大宅院給長子伯公運用；也曾暫時住到五分鐘腳程的別戶宅院，自己有屋不住卻越住越遠，大家百思不解；民國六十幾年的新房蓋好之後，他們夫妻也是最早一批搬遷移入。可以想像曾祖母三十歲之後的人生，就是不停落腳在三合院的周圍，始終與人保持一定距離，直系血親同樣疏離，她是不是少女時期就在準備走開，卻又意外活了一個世紀。而她花去一個世紀練習離開，最後走得確實霸氣，風風光光。

曾祖母晚年時常回到古厝打雜、除草、撿拾果袋，自己找事做。可以說是三合院永遠的女主人，她眼中的古厝自然比我們看得更深邃更遼闊，我已不知那是第幾次元了。這裡曾是臺南州曾文郡大內庄大內九百九十九番地。這裡現址也是媽祖坐駕的廟地。我很榮幸能夠與她棲身同個時空，以此創作、共構更多古厝埕斗敘事。是關於同框、也是關於不同框的故事。

文體——

三合院創作課

不知道是第幾次重讀庄司總一的《陳夫人》，這部流行於臺灣四十年代的長篇，文本細節十分豐富，我覺得它在當代臺灣小說書寫隊伍，仍有許多部分值得梳理。過去我的讀法比較側重在故事主角的身份歸屬，譬若從東京歸返的認同問題，日臺兩造的通婚關係。再進一點的讀法，則是開始留意文本敘事的地景描述，空間理論讓我們看到戰爭時期殖民地臺南的日常與異常，小說人物的情貌更加被凸顯，在歷經諸多文化論的論辯之後，能關注小說技術與角色性格的折衝關係，就像是從空拍畫面來到了聚焦特寫，我們從而看到關於陳夫人一家族的身形神色、肌理紋路。

不同的讀法帶來不同的視野，幸運的是，重新回到文本描述終將是一必然的走向，而這也帶領我們不僅走進陳夫人的故事結構與心境內層，也走進支撐這個故事結構的關鍵場景——陳家三合院。我們太需要重視小說的建築、場景、布幕，乃至襯底的天色、雲朵與陽光了。

不知道你生命中的第一間三合院在哪呢？前陣子在高中進行講座，突發奇想在黑板畫了一個大字，也就是注音符號的ㄇ，我拋出問題也同時反問自己：三合院這個空間可以進行哪些活動？接著不斷傳來各年齡的神回覆，最常聽到的答案是曬稻與遊戲，大抵這也是我們想像此一空間的幾個動作。三合院本身就是一個框架，歡迎各路敘事來此陳列上架。我的舉例比如停車、曬衣、宴客與夯罵——烤肉啦。說出這些選項大家都笑了出來，好像我們都曾住過同座三合屋院。只是寫作它跟三合院什麼關係呢？

我生命中的第一間三合院是位在朝天宮後方的古厝，現址已經不存了，這也是我的第一個ㄇ，祖父因是最小的兒子，我們的三間厝身便在象徵輩分最低的位置，右邊護龍的最外頭。奇怪的是我們從來不稱呼它作三合院，就是直直喊它古厝，顯然古厝也是曾經年輕過的。我們在民國六十幾年左右，搬到現址的樓仔厝，古厝為此是一個被對照而出的說法。

當我來到古厝，各家護龍的閒置空間已經拿來當成倉庫，我家的那三間房，第一間會在秋天拿來囤積文旦和白柚，整個屋身因而吸納著一股飽滿的果香，在那本身光線不佳而潮濕悶熱的環境，賣不完的白柚漸漸變黃變軟，直至靠傷最後只好自己回收。古厝還有接電嗎？寫到這邊才猛然想起是有的。半空懸掛的日光燈，從上而下垂垂落下一條線路，橄欖形狀的開關，要輕推一下才放亮。所以也就沒有斷過電，像是可以回來居住或者出租他人。第二間是個飯廳，爐灶卻在外頭，這裡擺放許多從樓仔厝撤出的回收，許多看起來根本沒有用過的家電，我的小學課本也在這裡。印象最深刻是牆上有張寫滿祖先忌日的紙張，大老祖公、大老祖媽、老祖公、老祖媽……字跡是祖母的，我小時候也曾幫我祖母謄抄過新的一張，且是寫在粉紅色的紙上，然後貼在大家都會看到的客廳牆上，像是這個家族的獨有曆法，每次經過都看它一眼。第三間則是祖母臥房，有一扇門得以通開向隔壁緊鄰的伯公家，據說這在風水角度而言並非良好設計，祖母於是找來厚重衣櫥將門封死，像是得以將煞氣隔絕在外。說是臥房根本沒有實體床組，記憶中就是一個通舖。古厝因廟拓建要拆那年，我陪著祖母回來清理打掃。數十年前未及搬到樓仔厝的老家具，一留就是二十多年，還有那從未整理的信件，寫在其中的情感課題，也都二十年過去。我忍不住看了幾封，然後又默默將它放了回去。我就與祖母身在空氣並不流通的古厝，在蜘蛛拉網而膚癢難耐的環境，逐一聽取這是什麼那是什麼，然後長出更多的為什麼。

古厝大概適合拿來當成鬼故事的場景吧！而我確實也非常害怕單獨前來，最常被指派的任務，是來搬運一整組的扁擔與謝籃，通常這是廟口拜拜的時機。古厝使用的是傳統門鎖，兩片門板上有神荼鬱壘對看，兩個環扣就是我要試著上鎖的對象，最後再將鑰匙藏在門邊的暗溝。這些步驟看似簡單，每次我都弄得心神不寧，在外人眼中看來是不是很像小偷呢，畢竟我與古厝並沒有太多切身的連結。我沒有住過這裡。

大概從小我就問過這個問題，在穿越厝身的三個房間之後，每次我都會說：你們洗身軀的地方呢？也就是浴室在哪裡，以及與浴室關聯的拉撒之地，怎麼沒有看到廁所。這個提問顯然大家也都有想過，包括在庄司總一的故事，來自日本的安子初入陳家三合院，迎面而來的疑惑與挑戰，除了是自己的日本出身，最切身的就是平常起居了，而這又落實在小說關於三合院的空間描寫，你看切身兩字多麼精準，大概就是沐浴與泡澡一類的事。安子入住的陳家三合院並無浴室設備，跟許多臺灣的三合院相像，廁所獨立蓋在荒郊野外，丈夫清文只好倉促為她架好了屏風，在臥室以擦澡取代泡澡，以木桶當成馬桶。

而這個漸漸適應的過程，恰恰就是小說中安子的這句：「我沒有那麼大的能耐，不過我已有心理準備盡量和家裡的每一個人親密地和睦相處。」——「親密地和睦相處」我想大概就是這部小說的金句，而其成立的基礎就是夫婿陳清文家的三合院。然而縱使安子有其覺悟，接受新式教育的清文，仍然堅持要在三合院外接一間二層樓西式洋房，小說場景當下成了傳統與現代並存的模板：

在陳家本來凹字型的建築物中，由其一方接翼處增建了二層樓的洋房。特別為安子設計了一間八席榻榻米大的和室。油漆的檳榔木地板和樟木兩種不同的架板，使和室別具一種異國風味。當然也有廁所，有附帶蓮蓬頭貼磁磚的浴室。還有西洋式的客廳和書房，有藤木植物棚架的陽臺，有可以仰望南國星星的屋頂上庭園等等。（註❶）

這洋樓十分奢華，然而二樓的高度，已經凌駕作為精神核心的神明廳，清文甚至可以從他的住家二樓俯瞰廳堂的屋頂，這真是太超過了。長幼之間完全失了秩序，洋樓拔高而起，這個清文個性硬。如此一來「親密地和睦相處」從平行相看的視線，變成高低不夠對等，小說敘事軸自然跟著東西南北移動，故事人物就在建物之中上下穿越奔走，試想這樣的大動作演出，在現實生活中，怎麼可能不生家族枝節？近年來閱讀臺灣小說，特別注意場景人物，好的場景給出好的境界，它不只是一個布景，而是真實存在於你我生活的環境切面，具備了神話的品質；好的人物有他的語言風格與不凡視野，人物與場景都到位了，這小說怎麼可能不讓人印象深刻？有趣的是，三合院在庄司總一的筆下被形容成是個凹，我卻把它說成了ㄇ。ㄇ與凹的差別應該就在觀看的位置吧：ㄇ的視線是從外而內，凹則是從神明廳向外探，或者兩種相反。我自己的視線是習慣與神明廳對看的，這是一個回返的視角；而庄司總一以凹型作為比喻，它的角度反而更像在家後，這跟過往論及日語作家因其殖民身份屬性，而帶來的觀看與被觀看的說法又多了些層次。而當我們要述說一個背景發生於三合院的大家族故事，庄司的視線不只從帝都到島都，從日本到臺灣，從內地到外地，也有了更多周旋的空間。而這些問題之於當時臺人日人，之於我那古厝的大小祖先們，自然也是相當切身的。

所以你生命中的第一間三合院是在哪呢？在你而言是ㄇ還是凹？你又在三合院進行什麼有趣的活動？三合院除了起居，埕斗的存在也是值得細細品頭，這是一個私人空間卻又十分開放，我們在此曬稻遊戲，我們也在此曬內衣褲、停名貴車與中秋烤肉。每種行為都是牽一髮而動全身。我以為三合院的空間敘事練習，實在適合拿來當成創作課，人物、場景都到齊了，接下來就看你怎樣編織故事了。而如果真要讓你挑選一個位置，你是會站在神明廳之中，或者如同清文從二樓俯瞰從小長大的古厝？或是選在棗紅色的厝尾頂呢？你擁有的場景將是無限延伸的，一進又一進的院落？還是只有腳下站立的一點方寸，光線想是帶著斜日映照，人物身影則是細細長長。

註❶：庄司總一郎著，黃玉燕譯，《陳夫人》（臺北：文經社，二〇一二），頁三一。

實踐——

春聯重貼詩學

翻出國中時期我替古厝拍下的照片。這次仔細重看，才發現畫面被我刻意選過，也就是一種「祖孫視角」。

其中一張從外頭向內看進，就是一個注音ㄇ字。另外一張只能見到三間矮屋。我想說的是三間矮屋，然矮屋也是的ㄇ字的一部分，這正是三合院故事的一種特質。它們聲氣相通，敘事如同生機旺盛菜瓜小棚，你因而被訓練出來的能力是可以整合可以分梳可以節制可以重啟敘事。

三間矮屋為祖母所有。她在此接到祖父魂斷噩耗。姑姑則從此屋出嫁。這裡發生好多事情。我一眼瞄到的，是門邊窗頭依舊貼著的漢字春聯。

我家貼春聯工程十分浩大，除了後來起居的樓厝全棟要貼，古厝雖作空屋倉庫，我們還是習慣每年為它換上新的春聯。

加上三合院多的是門與窗，一人作業八成手忙腳亂，還要糊糊還要對齊還要收拾，通常都是大哥與我攜手合作：門神要對看，上聯要仄聲收尾，我從不擔心貼錯邊，就害怕不正貼歪。

我從小寫字歪，寫黑板生字更歪，貼任何膏藥布永遠對不準，擔心春聯貼上就不能隨便撕掉，壓力實在太大；也常花上半天估量朽爛的門板要不要貼。不貼感覺對門說不過去，因為上面仍有前年、前前年殘存的痕跡，讓我知道此地是曾有住人的歷史。前人有貼怕丟了傳統，忍不住想要起點變化，以前還曾自製春聯，不寫什麼福春滿的，每年為自己挑個好字，像替來年定下基調。然後日日看它讀出新意也重新定義。

三合院到處門窗，這裡大概是全地球最多框架的地方，現在時興打破框架，我也跟著一一打破，打破同時我也認識框架，從而知覺各種框架存在的上下文脈，然後直到自己也成了框架，你已足夠成熟且有勇氣一切歸零，於我而言這才是真正突破，真正的創新。

節拍

二五八牛墟

二五八牛墟是從小聽來卻不曾細細品究的一個口訣。它指的是國曆日期尾數但逢二五八就是開市的日子，牛墟則是交易牛隻的公共場所，十數年來漸次轉型成為白天什麼都賣的鬧市。年幼階段我便跟隨家中長輩走逛善化牛墟，現在它仍活躍運作，每逢二五八都是退休父親消磨時間最佳去處。牛墟位置歷經多次轉移，牛墟也有一部遷徙小史。我想像是否就有一支牛群便是流動在不同墟址之間，我的牛墟故事因而隨著這邊一段那邊一段。

牛墟故事起始於一張字條，暑假上午從古厝回到客廳，字跡歪歪斜斜的日曆紙背面寫著我跟阿公去牛墟，二爺與大哥在沒有告知祖母與我的狀態就先行出發。研讀字條的我心情有點複雜，祖母倒是相當直白給了答覆，唉呦怎麼沒有等你。這個答覆也是祖母自己的心聲。我們都是沒被選中的人。

記憶中最初去的牛墟位置於善化火車站、中山路通往市區方向並在光華路右轉，我曾在一個以藍白條紋為背景的雜物地攤，想要一個骨董電話造型的音樂盒，付錢的是隔壁開車的理髮廳阿貝，那是六歲七歲，同在現場的還有我的父親，為什麼選中的會是一組電話呢？像是只要拿起話筒，便可以順利撥給當日販售的牛墟頭家，詢問本日牛隻交易的行情價。

我的牛墟故事多數發生在善化中山路右轉六分寮方向的舊址，日後我才知道從前時常臨停機車的水圳，它的本名叫做嘉南大圳善化支線。去牛墟騎機車最方便，開車有時停得幾百公尺遠，想見人氣有多旺盛。實則牛墟可以說是所有阿公阿嬤的最愛，此地消費族群年齡層稍偏高，攤位屬性也有屬於它的特色，最生猛與最庶民的聲光色彩都在這裡了。它的攤位時常擺到外圍大馬路邊，市集自身的隔間卻是很齊整的，它的隔間很大，感覺攤位移走也能拿來停車，不少攤位都以遮光黑網防曬與隔間，隔著這攤位與那攤位。若說牛墟像菜市場倒也未必，因為它是有賣肉與賣菜的攤位；說這裡像跳蚤市場則不精準，到處都有當季當令的新品。只能說牛墟像它自己，獨立形成一個類別，有它的在地性與獨特性。

農具壞了可以拿來牛墟修復，名產土產同樣一應俱全，要娛樂有在玩賓果，餓了有花枝羹牛肉湯，襯衫西褲攤位的隔壁有在賣伴唱帶收音機，印象中最邊處就是牛隻交易的空間，稍一靠近味道就很濃烈，上世紀最後十年，我確實看過成群的牛隻，車上的或者地上的，到處都有牛的排泄物。有次跟隨二爺與祖母到訪一個走江湖的攤位，我因太矮看不到，於是被架在二爺肩上，沒看還好，一看發現是眼鏡蛇在活吞一隻白色鴿；還有那賣蛇湯的小販，每次經過都讓我輕微腿軟，店口掛著一尾現殺的蛇身光亮亮，地上鐵籠內有蛇群交疊。讓我想起從前有次在二爺的寮仔撞見一尾眼鏡蛇，天啊！牠正緩慢移動在農具之間，最後被二爺活逮送到了牛墟。

印象中某個時期的牛墟鄰近一座墳場，有些攤位擺在墓身前頭，上世紀的事情了，大家好像也不忌諱，幾次實在車停太遠，父親帶著我們兄弟想要抄近路，近路就是橫切走進大片墓地，踏過墓身雙腳立刻微微發軟，那次我們要去尋找賣勉煎爹的攤位。行過墓身的我同時細辨墓碑文字，上面地名寫的都是我所熟悉的善化聚落：六分寮東勢寮胡厝寮。蘇厝溪尾什乃。光聽名字隨即充滿畫面。我從小喜歡善化，眼見它從仍有稻作的小鎮退化成為科技衛星住宅，不知為何也替它開心起來，臺糖小火車從前交錯在善化平原，二爺帶著我與祖母來逛牛墟，常在茄拔路段等候一掛長長的車廂。善化是越來越摩登了，牛墟卻沒因此失去它的特色，大抵就是這個小鎮又現代又傳統的魅力所在。

從小我長成在不吃牛肉的家庭，常聽祖母說起她一人牽著兩頭大牛的故事，如同許多農家子弟，我們對於耕作的牛自有一份敬意。我們的營養午餐不曾出現牛肉，週四夜市點的也是豬排，有次我們兄弟吃了牛排口味的品客洋芋片，神色倉皇像是犯了天條。我們又是什麼時候開始大口吃起牛肉的呢？或者我們又是什麼時候開始罕少前去牛墟，大概就是二爺離開我家，祖母少了專用司機，而父親一輩仍在勞工生涯的最後幾年，我也因著輔導課程不在大內吧。尾數二五八成了再尋常不過的日子，讓我幾乎忘掉這組彷彿高喊一聲會有成群牛隻奔來的暗號。

最近一次到訪已是五年前，祖母出殯過後那日，父親約我一同前行，隔天我就要回到臺北。這個剛剛喪母的長子，替自己安排的放空活動就是來逛牛墟。父親同樣騎著機車，理由也是較好停車，好久沒來了，攤位仍是擺到大馬路上，二十一世紀的牛墟也走出了全新的風貌，心中忍不住為它歡呼起來。父親熟門熟路向前走去，一下說要修理收音機，一下說要買什麼藥草，人在牛墟總是可以巧遇從大內來的鄉民。現址的牛墟市集位在曠野之中，不遠處得以看見高鐵基座，每個整點天搖地動，不知牛群是否安然無恙，而我竟在原地失去方向，看著急速駛過的列車，一時無法判斷這是南下還是北上。

地號

墓寮

那天掃墓，我才想起往年的清明節妳都一個人來看他，那時妳還可以勉強行走，只是常常需要停頓歇息，後來的那個阿公載著妳來到墓園的門口之後便離去，妳走過熟悉的柳丁文旦園，下過雨後的泥濘，沿路是竹林與滿地的殘葉，妳一個人來看他，就像妳等候他服役回來一樣，他也隻身在荒涼的草原等候著妳，民國七十八年，當年慌亂中埋葬的老墳重新撿骨安厝，屍體爛完了，土公仔一塊塊地撿入金斗甕裡，妳跟我說衣服還在。新墳的墓碑上，我的名字悄悄攀浮，列在孫輩的位置，位處曠野的這塊風水，坐落在家裡一塊廢耕的田……

這段文字，大學寫的，記得篇名叫做〈等〉，是我第一篇關於祖母祖父的文章，整理隨身碟發現了它，感覺像是重新發現了整座墳，於是也看見當年祖母的身影：她在墳前墳後灑掃，荒郊野外中心點，總是天上一隻老鷹繞飛。祖母時常坐墳邊龍眼樹下歇喘，想到她我就想到她在歇喘，這才記起她也已經死去。文中這座老墳後來再次撿骨，民國一百年，安座善化鎮立納骨塔，祖母骨灰民國一百零二年也接續進駐，上上一代的故事早已走向全新篇幅。

撿骨的墓穴此刻還會剩下什麼呢？我會嘗試指認方位，告訴你曾經這裡有座墳，在這座名之為墓寮的高地仍有埋著許多人骨，他們多是楊姓十多代傳衍下的近親遠親，你兄我弟，時間最遠得以追至清代。如今現場若想找尋百年古墓則須徒手翻開叢生雜草，目前四處是因撿骨而破壞的墳頭、破瓦與碎磚。

在我生長的故鄉，還有許多類似墓寮性質的公山，公山——理解成歸給鄉公所縣政府在管，常是附近居民埋骨先人的臨時墳場，隨著易代遷出遷入，節葬觀念推行，現在即便清明也不易看到掃墓車隊，我也常忘曾經這裡那裡是個墓仔埔。

曾經我就在墓寮親眼目睹漸漸沒人來掃的墓。我尚且認得埋在墳中的那老婦那老翁，這是什麼感覺呢；也有幾座墳，年年清明舉家出動，現場架起五百萬大傘弄得彷若戶外野餐。墓寮其實距離我家腳路不遠，清明我都習慣機車載著供品前來與家人會合，墓寮距離殘仔田地更近，我就聽聞以前上田都會順路從這塊地做到那塊地，大家同時都在同座高地。

我念大學，大白天騎車繞山區，並不清楚自己想去哪裡，身姿卻比巡山員還像巡山員，獨獨不敢駛入墓寮區域，我想起小學時期，曾有幾起棄屍大內山區的新聞案件，總在學校教室引起熱議，棄屍地點剛好都在墓寮、殘仔一帶，兇嫌看中的大概就是罕無人煙、少車出沒的隱密特質，原來我住在容易發生棄屍命案的偏遠地帶，而隱密則直是我生命鮮少露出的本質。

民國七十八年埋葬祖父的墓寮雖人葬在集體墳場，墓址所在其實也是自家祭祀公業，也就是墓寮之中有著一塊良田。大小呢？大概就是適合拿來建座一門風水的大小。墓寮可以種作。作物大抵就以龍眼為主，四棵五棵的龍眼樹，環繞著祖父的墓。以前我常課後跟隨祖母來此摘收龍眼，坐在後來的爺爺的鈴木機車，他先離去，只剩祖母與我。我就緊緊跟著祖母走在對流雨過後泥濘滿地的林中路。墓寮完完全全沒有腳路，只是記得滿路的麻竹殘葉，光線不足的林中小徑，不同時期堆疊而成的竹葉小山，藏有一根特別尖硬的細梗是我的最愛，我就沿路拿它來防身凌空揮舞，或對空氣比畫想像自己正在指著黑板教書。

你是否好奇種在墳場的龍眼樹能吃嗎？我從不曾有過這般的擔顧，我們尚且將剛剛摘收的龍眼，全部暫時鋪排在墓的平臺，讓它像是個小型集散場，累了我們也坐在墓的伸手歇喘。又是歇喘。因為龍眼收成，祖父的墳墓較之其他祖墳，我們得以擁有更多機會前來，然而身在田裡我們講些什麼呢？仔細想想，根來都在自言自語：比如祖母喜歡開始分析今年果物發育的程度，有時稱讚生得纍纍，有時怨嘆隔壁地主又將枯枝扔到我們這地。墓寮已經顧不動了，龍眼有空才會來看。而我話並不多，話不多才是我真正的樣子，唯獨喜歡四處走動，繼續揮舞來路撿拾的一根細細竹棍。墓寮蚊子特別厚，一到現場立刻從祖母帆布袋掏出按壓式瓶裝樟腦油東南西北噴灑，自然也幫祖母噴灑。

祖母的帆布袋都裝些什麼呢？不如就像綜藝節目搜給你看，我也很好奇農婦上田一定要帶的好物：

一、柴刀。（遇到柴薪得以隨時砍劈，整理運送回家燒水。）

二、鐮刀。（鋤草時候登場，有時拿來現切水果，切柳丁文旦最俐落。）

三、礦泉水。（太重要了，為此家裡總是買有成箱雜牌礦泉水，有時我們也買五送一手搖飲料，通常都是全家出動之際。）

四、修枝剪。（看到細小的嫩枝，歧生的萎枝，非它不可，我印象深刻的是拿來剪柳丁，柳丁是用剪的不是用挽的摘的。）

五、樟腦油。（野外蚊虫太多，噴了再上！那些年吹起樟腦風，還有樟腦木塊放衣櫥得以除臭。）

六、頭巾。（可以順便擦汗，祖母頭巾是白底紫色碎花款式。）

七、玩具或者武器。（多數時候出門兩手空空，偶爾才拿手套棒球要去田中練接，落果就是我們的棒球。）

祖母不能前來掃墓之後，後來幾個清明，都是我們父子三人，加上叔叔前來培墓，現場沒人見過墳裡埋葬的祖父。父親四歲時候喪父，叔叔根本還在強褓。消防車在鄉間山區跑來跑去，到處都能聽到嗚笛聲響，好像這才是清明的背景音樂，而我們在土丘周邊摸著轉著，中場休息繼續坐在龍眼樹下歇喘，說著這門風水位置真好，真的，背後有靠山，眼前並無遮掩，隱約看見幾門散落的墳塚，感覺沒人來掃，視野拉得相當遼遠，原來有父親有祖父可依傍的感覺就是這樣。天上仍是一隻老鷹繞飛。雖然現在這門風水現在已經沒了。然而龍眼樹還在，墳的輪廓還在，碑已完全破壞。

此刻來到墓寮，放眼都是撿骨入塔之後的老墳，連死掉的人都走了，怎麼我還在這裡呢？撿骨之後我仍會回來看墓，從前的墓地可以種下一棵龍眼樹。等候來年林蔭連成一整片的綠顏色。

說明——暴雨將至

十八歲終於拿到了機車駕照，等待大學放榜的那個夏天，過了中午每天我在騎樓或者三樓陽臺，判斷遠方雨與雲的走向。我不知是否真要冒險騎車出門，因為內山的左鎮、玉井，在祖母的直覺中鐵定降下豪雨，她是從空氣蒸熱程度來判斷的，而我明白再過半鐘頭雨也會抵達故鄉。此生最怕淋雨騎車，穿雨衣騎車疊加難受，我願等雨停也不願冒生命風險騎去。這片烏雲眼看將臨眼前，其實沒有非去不可的地方，為何我卻遲疑著該不該往前呢。

實則生命中一場一場的雷陣大雨，總是困我於曾文溪中游山區聚落，我的生命內建了一個關於地形的隱喻，苦雨追趕已是生活的常態：在麻善大橋、在縱貫公路、在四周盡是甘蔗平原的故鄉臺南，在看得見善化糖廠巨大煙囪的溪尾路段，我的身後身前，總有山勢一般湧動的烏雲跟蹤。

從前常聽住在曲溪的親戚說起，但凡下起暴雨溪水暴漲，通向南瀛天文臺的二溪吊橋一定封鎖，這時不少仰賴吊橋生活的親戚便得夜宿我家；他們都喊祖母是大姑或者大姨，想見晚餐自然也是祖母張羅。時間約是民國六十年前後。如今吊橋只剩橋墩當作見證，後來重建的水泥橋則在二十年後的納莉風災之中全毀，我還特地無照駕駛，騎著機車前來拍了照片。

也曾聽父親說起隔壁鄉鎮的一場山洪暴發，脆弱的水泥小橋即將封閉通行，水勢逼近橋面，年輕的父親載著新婚的妻子，肚子裡面躲著剛剛著床的我，說是趕著回去看顧獨守在家的五歲大哥與年邁祖母，現場所有騎士全都靜了下來，只有父親跟天借膽火速騎了過去，抵達家門隨即傳來大水沖垮橋墩的消息，前後不過五分多鐘。原來險惡隨時都在，與天災共存竟已是生活的伏筆，我們只是很少很少談起。

我真是淋到會怕呢。然而剛剛到手的駕照彷彿日日都在對我說話：出去吧！出去吧！於是我常白天沿著丘陵的起伏，騎車在兩邊盡是柳丁芭樂的鄉村產業道路，來到母親紡織廠用變速腳踏車向她借換一臺摩托車，並且約定了會在她下班的四點準時回到原處，我們可以一起回家。我確實是個會來接送母親下班的小兒子，暮色中騎著變速車跟在她的後面，騎得不算快不算慢，就像是她的隨扈貼身陪伴。

駕照剛剛到手的那個暑假，我就跨上母親的機車，母親是否有點為難而我沒知覺。頭戴著她鮮少使用的安全帽，後座也有她的紫色雨衣，常常發現一粒田裡撿回忘了取出的果實，通常都是芭樂或者土樣，是母親下班去田裡走踏，順道撿回來的，這水果彷彿成為了我此去行路的補給。我們一起在工廠戶外空地分析天色的明亮，巨大的機械噪音無法阻擾我們談話，談的都是很簡單的事情，比方看起來就要下雨了，要不要幫我回去把衣服收一收；比方你還要騎車出去嗎。

沒有非去不可去的地方，也沒有多所停留的理由，於是就在農業縣境螺旋似地遊蕩：善化。官田。麻豆。這三處是我從小最為熟悉的鄉鎮。當時善化正在蛻變成為南科衛星城鎮，官田則是住著為糖尿病症所苦的外婆。我剛從麻豆完成高中學業。臺南到處都在改變，我的身體也在改變。也曾試著從麻豆往佳里方向騎去，每次都在超大圓環被車流捲至陌生車道。繞了半天竟然還在原地畫圈，所以我怕淋雨更怕圓環。

雖是如此，記憶中是有支高校生單車隊伍，順利通過了圓環車潮往佳里方向奔赴，高一升高二的暑輔課程前刻，有了短短三禮拜的假期，同住大內的高中老友，約了我要不要來趟單車旅行。班上同學因是來自臺南縣境不同鄉鎮，平日又都仰賴校車接駁，除了教室之外，放學過後的生活完全沒有交集。我們的野心在當時算是很大了，打算如同綜藝節目突襲每個同學老家，加上老友剛剛獲得一臺數位相機，也是全班唯一的一臺，為此每到同學家門便攝影留念，如果是現在一定會拍照打卡。只是我們的單車沒有長程經驗，且是小學時期買就的老車，聲稱變速開關已經生鏽，加上不曾騎出大內，全憑少年的激情或者某種愛戀的誘因催發，早上八點多就從山區出發了。

這一路我們跨過幾座大橋呢？橋下有時是曾文溪水，有時是縱貫鐵路，途中風景盡是即將收成的當令果物，善化的甘蔗田外面不是防風林，是甘蔗田的外面還有甘蔗田還有甘蔗田；麻豆市街的車潮，電姬戲院與阿蘭碗粿，總會遇見休假中的老師們；佳里鎮的女同學看了一群男孩突然到來，花容失色但也仰天燦笑，於是我們形成一支更加龐大的單車隊伍，去了學生時期最愛的三皇三家吃牛奶風味的小火鍋。我知道烏雲一路尾隨，忍不住想要問問它：你是我的觔斗雲嗎。哪有觔斗雲是黑色的呀！

再一年我們就要準備告別住滿十八年的溪埔地小山村了。記得等待放榜的日子，知道有個朋友填了靠近海岸山脈的師範學校，也有不少人選擇到更南的縣市生活。淋雨像是場告別青春的重大儀式，學生戲都是這樣演的，我也跟著淋了幾場大雨，在離開佳里鎮的公路上，在每個同學家門揮手作別的彎巷窄路，在一枚熱帶氣旋太平洋海面剛形成的八月，我在老家獨自迎接了十八歲的生日。稍早幾日已經放榜，印象中那日雷雨提早到達，或者那是西南氣流引來的特大豪雨，我在三樓加蓋的大哥臥房，通過一臺網速最快的電腦，面對查榜的網頁，平心靜氣地迎接自己的落點，接著開始搜尋系所特色，生活機能，新的生活大大方方來到我的眼前，我還將經營的無名小站更名為〈大度山上，我的十八歲〉。母親似乎對於我得離家放心不下，我的雀躍十分突兀，她在九月送我來到另座同樣下著雷雨的大學宿舍，車子掉頭過後便在副駕駛座擦拭眼淚。這是多年之後我才聽來的事。

是生命中一場一場的雷陣大雨，困我於曾文溪中游山區聚落，我的生命內建了一個關於地形的隱喻，苦雨追趕已是生活的常態。這場雨其實帶我去了許多地方：在東部都蘭、在中部的沙鹿、在七美島上、在中國內陸省份、在美東的河岸公寓。不知那裡是否也有一個與我同樣倉皇失色的山區少年，正在判斷雨勢的強弱與雷聲的遠近，我們也許會在某個屋簷躲雨而相遇，這聽起來太套式化的劇情但是我很喜歡，我喜歡什麼事情全沒發生，只是談論天氣，談論雨時的長短，雨停之後安靜沿著雨路展開自己人生，只是小心天雨路滑，凡事千萬保重。

二〇一八年五月底，緊急回到了告別將近十二年的臺南長居，當年是故鄉的對流雨促我遠行，此刻也是故鄉的對流雨引我平安歸來。母親房外下起雷陣大雨，這是同一場雨嗎？六線大道上的行人車停，倉皇穿上雨衣，隔著大窗看著臺南市區街景，雲層結構相當結實。喔，母親，我不在妳的身邊久矣，現在我已平安歸來。

儀式——

惦惦仔吃

夜宵的故事

為什麼現在才注意到，不能太愛吃宵夜。

引導我開始吃宵夜的是二爺，猜想他那時大概就病了，因著糖尿病症加劇導致血糖失序，他總是在找吃食。可能自己也忌口，或老來吃鎮日怕被說嘴，他常拉著我們兄弟作伴來到廟邊商號採買：維力、阿Q、來一客、一度贊……林憶蓮曾代言的味丹隨緣泡麵是我的最愛，現在超市還在賣。祖孫三人每天晚上九點就著《臺灣變色龍》、《藍色蜘蛛網》類戲劇，展開溪邊山村深夜食堂，記得阿嬤都在客廳看著。

看著或許在想：安怎樣這呢愛吃宵夜？難道晚餐沒吃飽？還是我煮的不合口味。肯定不是的，阿嬤在我們祠堂廚藝堪稱實力派，從前還有廟會請她幫忙煮點心。

再怎麼苦絕對不會讓全家餓到、再怎麼窮晚餐也一定超澎湃，我媽常說：我煮不過你阿嬤，而我確實是吃大魚大肉長大的小孩。

吃的內容沒有問題，那麼是吃的形式出了狀況。

我們家是沒有餐桌的。

有個靠牆的小桌勉強稱它餐桌，堆疊鍋碗瓢盆與當季水果，瓶瓶罐罐的菜心啊蔭瓜啊破布子的，全家只有阿嬤在那吃飯。牆的另邊是廁所。長達五六年我們家都使用免洗碗筷，很不環保地，連喝水都用塑膠杯，還去大賣場買了免洗杯架掛在飲水機旁，現在想來真不可思議。提議使用免洗碗筷的是二爺，這樣他的碗筷算是自備的了。

沒有餐桌，於是各人添飯夾菜舀湯來到客廳自行吃著，配電視新聞，就像在每一間自助餐飲店。到現在外食我仍喜歡挑有電視的店家，不十分習慣圍成圓桌吃合菜，也很怕共食，只因吃於我就是要自在。

最講究吃的氣氛的是父親，他也是全家最愛吃宵夜的人，他吃得神祕、孤僻，午夜十一二點從冰箱挖出各種食材，幾乎沒有他在客廳吃飯的記憶。

二爺離開我家之後，捨棄了免洗餐具的開銷，大家有了自己慣用的碗筷，吃宵夜的習慣則被我們保留下來。

我的宵夜史至少十五年，很小我就會煮泡麵、康寶濃湯，下及第水餃。我的宵夜文卻寫得心虛、很稀，像一粒田螺煮九碗湯，只因我總隨便吃，吃得全無美感，更不講究食趣。

這些年來最讓我害怕的題材就是飲食。下筆我就想到灶腳內忙得滿頭汗的阿嬤，通常她剛從田裡回來，四十分鐘立刻變出一桌菜，我會拉張椅子站在門邊像監督她煮飯，潛意識該是想幫忙吧！後來她煮不動了，拉了張椅子坐著煮，她煮得艱苦，我吃得更苦。

不然來分食——分食指的是各自吃，在我記憶中鄰居親戚分食總會成為話題，也就是另起爐灶的意思，然另起爐灶問題是只有一間廚房。父母親沒財力搬出來住，於是心不在焉繼續吃著每一餐。

十八歲離開臺南前，深夜十點，父親會驅車載著一家四口流連臺南縣境各大夜市與廟口：永華夜市、花園夜市、小北仔、麻豆……現在府城最流行的。也不管孩子有了睡意，出門偷偷摸摸惦惦仔吃。

十八歲後吃得更晚，大哥夜班歸來，十二點半，我陪他吃遍善化、麻豆、玉井的每一條中山路。阿嬤過世前幾個小時，我們兄弟就是在善化吃宵夜。

偏鄉中晝頓

不只一次，我在大內因著午餐不知吃什麼暴怒，可能血糖驟降、情緒浮動，加上這些年太多店仔接續停業，而鄉下地方賣吃的真的有限，我被困在溪邊山村如無頭蒼蠅，始終飢餓著。

那年也剛上臺中念大學，宿舍附近就是一條吃街，日日外食的我回鄉立刻體驗到吃的不便，嘴也被養刁，講來講去都是自己的問題。

那幾年暑假，阿嬤的中晝頓都由我張羅，那時大概她也病了，胃口不好的她需口味更重的湯頭，最喜歡吃沙茶鍋燒意麵，其實麵都只吃幾口。

更多時候我來到童年常吃的店家，替她包便當、買陽春麵，關於一名老年人該如何控制飲食問題，醫生建議的指示，到底有誰記得呢？我想起有年阿嬤開刀，醫生建議她要多食用富含維他命西的果汁，最好是柳橙原汁，那時鄉內剛開一間尚未進化成Seven的統一超商，我就替她買回成打的鋁箔包裝柳橙汁，我們祖孫都知道那是不健康的濃縮果汁，能怎麼辦呢？喝個意思吧，至少感覺我很在意這件事。

我不在家的時候，阿嬤的中晝頓成了家庭難題，那時尚未申請外籍看護，她也還能走一點路，父母親都在工廠，她必須自己想辦法。有錢也買不到吃的，這句話講得一點也不嚴重。總是託付鄰居買也不是辦法，於是開始學會自己打電話到廟口的麵攤，年紀相仿的老闆娘和她結識五十年了，都託付她的孫子外送，到現在我仍感念著。

和阿嬤一樣獨自在家的老年人還很多，他們的午餐又都吃些什麼。

我幾乎記不起全家一起吃午餐的畫面，白天大家在外工作，中午剩二爺和阿嬤兩人簡單吃，我在學校吃營養午餐，只有碰到星期六十一點半放課才在家裡吃。

那也是尚未週休二日的年代，記得進門阿嬤第一句話便問：你中晝頓欲吃啥？她日常生活最在意的事情，把家人填飽，以展現她作為一名單親媽媽的用心。然三人份怎麼煮呢？二爺便會騎車載我來到鄉間任何一家自助餐飲店，自己挑愛吃的；那也是一個便當五十元的年代，加一瓶養樂多或一包雜菜湯，我沉浸在夾菜的愉悅，學習辨識各種菜色與肉種，我因身高不夠還得站在凳子；那時都流行把自來水裝在透明塑膠袋內，一包包掛在空中趕蒼蠅，光與影的折射，像小學剛上過的自然課。

小山村下午茶

國中開始我學習搭公車離開大內，候車站的旁邊恰好有一家麵攤，販賣著飯湯、羊肉燴飯、麵羹等尋常的吃食，從天亮賣到下午三點。

一次匆匆趕到站牌，我就注意到二爺坐在店內吃中晝，吃中晝也不準確，那時已下午兩點，他是攤子僅存的人客，恬恬仔吃，全不出聲，我心想怎麼現在才吃。

那時他已回原生家庭四年多，從原本的偶爾來我家作客，到漸漸也有了自己的新生活，關於他的消息遂都是二手的，連阿嬤也不太提起他，只知他開了幾次刀，說是為了更好走路、怕麻煩到在工作的晚輩。

偏鄉公車經常誤點，我的班次遲遲不來，同時猶豫該不該上前跟二爺打招呼，想到不如先幫他結個帳吧。

其實他的智力漸漸在退化，鄰居常來向阿嬤通報，說二爺又在夜市哪攤吃了好料忘了付錢，店家看他年老歹勢追錢。腳路很歹的阿嬤邊碎念邊趕去幫買帳。

我終究沒有前去打招呼，立在站牌下騎樓旁看著，出乎意料的是二爺果然忘了付錢，這樣消失在我與老闆娘的視線。

我想起同一條街上，另一街老字號的麵店，從前父親常在下午三點多帶我來吃一碗二十五元的陽春麵，它家的滷味用洗臉盆盛著，普渡般任你挑選，我從小愛吃滷味，喜歡海帶、鴨頭、大腸頭，挾了一小山總價不到一百塊，那是我們父子極為親暱的時刻，小山村下午茶時間，有時都故意等到四點媽媽下班才出來吃麵，虛擬家庭時光，那也是父親展現對母親極其含蓄、幽微的愛。

然不只一次有陌生人先幫我們結了帳，問老闆娘說是剛才店內的某位人，父親的表情我讀不出來，只能說那樣的美意讓人困窘，深刻折損父親的自尊，壞了一家的興致。

父親四歲喪父，他對生父唯一的記憶是出殯當天棺木被丟在路邊，只因泡水的大體已經開始腐化，滿山路的屍臭味。

父親小時因在體育項目表現亮眼，單親的緣故，在村中特別受到長輩喜愛，這間他從一碗五元吃到一碗二十五的麵店，充滿他被人佔佔付帳的故事。

父親曾在醉中提起，新婚不久，在新市工業區找了份工作，為了省錢中午回家用飯，廚房的便菜便飯，隨便吃就好，那時二爺剛好也在用餐，身邊帶著他的原生小孩，但見菜色不豐，隨即指示阿嬤熱鍋加菜。

直到阿嬤過世前，我仍試圖修復他們母子的關係，一有機會，我會把每一次餵飯的工作交付給父親，希望他跟我一起努力。

父親相當聽話，他只是力不從心，小心翼翼將每匙燙口的粥送進阿嬤嘴裡。

前陣子回臺南，因著中午吃得少，下午四點我又來到了偏鄉麵店。巧遇父親在店內吃著。多年來我們父子都習慣一人在外頭吃飯，廚房形同虛設，我們的理由是省得媽媽花時間洗碗。不久，剛下班的母親也來了，母親說四點吃麵，晚餐還吃得下嗎？不會晚上又要吃宵夜吧？佔仔吃，我們父子笑而不答。

儀式——分房睡

伯公姆婆的婚姻在我們家族中最為完滿，除了父母親節日子女必定歸鄉設宴騎樓，做生日也是一定要的；他們的孩子散居全島各地，平時就剩老尪公婆在鄉下生活著；伯公姆婆住的樓仔厝三層高，空蕩蕩的，和我家的格局幾乎一模一樣，故事卻是顛倒與對比。我喜歡逛他們家，想像其中一間空房讓我住下，我家房間數嚴重不足，有時還有陌生人掛單，毫無隱私更無安全感。

很小就注意到他們是分房睡，伯公睡在三樓尾間，開窗面對的正是昔日的古厝；姆婆睡在二樓，她的房間擺設都是老家具，只有天花板的日光燈算是新的；為什麼要分房睡？他們結縭於民國三十四年，做夫妻五六十年了，我在客廳偷偷問著，家人全笑而不語。他們拿過模範父母親，獎盃立在客廳壁櫥，我從小就在等他們拿模範夫妻，想像他們牽手上臺領獎，那時臺下坐滿所有親戚，大家用力擊掌。

伯公姆婆過世後，那棟房子空了十年，我回臺南常一人樓上樓下走著，屋況很好。一次偶然看到幾本相冊，是伯公姆婆至日本旅遊攝下，每一張都是合照，每一張卻都站得遠遠，中間空出的距離至少塞下三個曾孫。彼時姆婆病了，看不出病容，她是我們家族當中最美的一位，氣質出眾，是婚嫁場合大家爭相邀請的好命婆，還有零星幾張夾在相冊的封口，我仔細一看日期，發現是姆婆過世前幾天拍的。

那是除夕前些日子，伯公特地從山區大內騎機車到臺南市圍爐，口袋塞著一份大紅包要給癌末的姆婆，彼時姆婆居家看護，其中一張有點曝光，畫面中伯公側坐床沿，一手將瘦到我根本認不出來的毛帽姆婆擁在懷內，一手握緊著姆婆的手，幾個都當阿嬤的姑姑，孩子似塞在他們父母身後笑鬧，床上姆婆伯公也笑著。我是不是看到模範家庭的樣子？像小學「生活與倫理」課本的插畫，老宅空屋內看得我身子忍不住地發抖，眼淚很快落下。

有圖——我們之間

有張照片，母親拍的，背景在屏東滿州佳樂水，畫面中三個人：斜坐的父親，站姿的大哥，以及蹲姿的我。布滿洞孔的珊瑚礁岩，坑坑疤疤，向來是我最為恐懼的一種地貌，當日海象也不穩定，就算多年過去，隔著照片仍能看出是個陰天，奇怪的是我們三人表情卻特別自在。

許多同遊的親友當時都在圍觀，不斷出主意做表情，我們像是人人稱羨的模範家庭。這是我相當珍愛的一張，父子錯落的隊形，出自母親巧手，她是有構圖的。這也是我們家族相冊少有的組合，而那是民國幾年呢？八十四？八十五？約莫我八九歲的年紀；父親尚未四十，正值壯年。我們樂於舉行家族旅遊。

這麼看著，突然也就想起，生命中還有哪些故事，專屬父子三人？那也意味著是母親突然不在的時刻，或者父親暫代母職的一些片段，一種幽微的父子情感，講的是獨屬大男孩小男孩之間的語言，至今都不讓母親知道的。

一開始想到的竟是吃。

我讀小學，父親仍在輪班，很拚，下午四點的中班，出門前固定煮個吃食，如果碰到星期三，讀半天，我與大哥放學在家，也就一起吃。

通常就是煮個泡麵，中餐沒有用完，看上去還能下鍋的，全部給它推下去，創意食譜就是這樣吧？不知為何父親調出的湯頭總不太壞，從來零負評。我們兄弟常在廚房「͏̏映燒」，觀賞父親做菜實境。͏̏映燒用在臺語發音，就是擠在一起取暖的意思，感覺更像在看父親特技表演。其實，專心下廚的父親是我少見的樣子。

印象超深的一次，冰箱翻透，挖不到食材，卻意外挖到一紙盒，是外曾祖母出殯回贈的罐頭塔，父親端詳半天，我們三人面面相覷：從沒見過的品牌，也沒寫保存期限，內容物是米粉捲，顏色還算可以，料理包使用指南告訴你：可以煮成茄汁鯖魚口味的湯麵。

天啊，這能吃嗎？外曾祖母加持過的，就當成是一種祝福吧！誰人知最後變出來的效果非常驚人，有泰式海鮮的湯色，也有現流鮮魚的野味，原來喪禮的回贈也可以做出好料理。

這個時段進食相當弔詭，心底並不踏實，午餐還在消化，晚餐也快到了，吃太多晚餐吃不下，等著被母親罵，但弔詭的時段造就弔詭的故事，我們兄弟還是跟著父親，度過了無數次可以名之為小確幸的下午茶。

也不盡然都是吃，這樣就太看輕母親的手藝，她可是pro等級。

有段時間，父親常領著我們兄弟，說要去大內國小跑運動場。父親與大哥都是體運健將，我則是家族出了名的破病雞，他們用跑的，我就用走的。更多時候我呆坐司令臺，心思不知飄到何處，飄到眼前的一排木麻黃樹，仍未拆除的口式校舍，視線劃出一個一百八十度弧……這座學校快要百歲了，而我的教室深鎖門窗，方才下課的偏鄉校園，最後一記鐘聲會在下午五點響起，我們在五點抵達。

五點鐘聲是為誰而來呢？每次聽著，我總有股想哭的衝動，這是上課鐘，還是下課鐘？這鐘聲讓人醒。

我想起同樣的草地，同樣的跑道，運動會正火熱，村民、家長都來了，時間更早，民國八十二年。止念大班的我，置身在一場趣味競賽。既然是競賽，該怎麼趣味？這也是一種弔詭的說法。然而這場競賽，回想起來，也真是趣味。印象中分成兩支隊伍，每人短跑二十公尺，盡頭處布置了一張彈簧跳墊，跳墊上空一條繩索，迎風懸掛口味不盡相同的餅乾，大概是蝦味先、寶咖咖、蔬菜餅……。是的，你只要摘下餅乾，衝回原點，那就對了。

其實我跳的高度早已能夠抓下任何一包餅乾，大概本性實在太蕭貪，眼睛忙著物色最愛的孔雀香酥脆，因而忘記身在賽事之中，跳了老半天勾不到，最後竟是一旁的裁判大叔將我大腿抱住，整人架高，犯規拿下。這位先生會不會覺得我很荒唐呢？此顆歷史鏡頭，都讓默默前來參加運動會的父親與大哥看在眼裡，回家之後父親淡淡說起：這呢啊簡單安怎拿不到。

當時的我感到有點委屈，卻又說不出委屈，而我也不是習慣跟母親吐露心情的孩子。

我不是跳得不夠高啊，我只是想要抓住自己想要，所以覺得不被了解；或者父親根本知道我只顧及自己想要，完全忽略團隊精神。這些那些全部放在心上，我想我是搞得太複雜了。

關於我們父子三人之間的故事還有哪些呢？

我想起一同追過的廟會。我們愛看操童乩宋江陣，也瘋過麻豆王爺廟的出巡，蘇厝的燒王船，土城的媽祖香……

我們三人，也常組團去放飛賽鴿，一路從七股放到東港林邊，或者就在一個看似夠遠的地方，即可打開鴿籠，讓鴿群振翅一一飛出。我們時常在橋上抬頭看著盤旋原地的鴿群，相當懊惱地在地面，用盡各種手勢，發出各種口技，要將鴿群揮離現場，我的內心在喊：趕快走啊！趕快走啊！或者其實是喊：趕快逃啊！趕快逃啊！然後趕緊上車與鴿隻比賽誰會先回到家。

今年冬天，出國之前，從家族相冊翻拍不少照片，我才注意到，絕大部分的拍攝時間，都與佳樂水的三人合照相差不遠，可以說，這是我們相當快樂的一段日子。

站在珊瑚礁岩的照片，母親拍的，她是有構圖的。母親將我們三人配置在最為理想的位置，一如她多年來細心照料我們三人。這是丈夫兒子在她的眼中的樣子。衣服多麼好看，面容多麼精神。這才是照片讓人如此珍愛的緣故。

我寫的是一個看似只有父與子的故事，想的卻是一個曾文溪邊四人藍領小家庭的故事。

我寫的是一個關於父親的故事，也是一個關於母親的故事。

連戲——

雨季的故事

父母親的婚禮留下為數有限的照片，我印象最深的一張，攝於外婆家的門口埕，背景是一落辦桌用的藍布帆，罩著白紗的母親嬌羞地低著頭，父親撐著一把黑傘。重點就在這把傘，以及我覺得父親撐傘姿勢特別好看。當時母親懷有身孕，循禮俗不拿米篩改用黑傘，母親很時髦，她是帶球嫁的。

只是傘怎麼撐才算好看？二十五歲的父親露齒笑著，他剛做新郎官，不久就要當爸爸，他細心呵護傘下的新娘，只因當天下過雨，不平的地面大概還有積水。這是民國七十年三月的事，我的父母親結婚將滿三十五年。

盯著照片發呆，心想三十五年真不容易，到底怎麼撐過來的？也才注意到，其實日常我很少看父親撐傘。多雨的中南部山區，五六月的梅雨季，七八月的雷陣雨、颱風雨。僅有一次是他替我撐傘。記得是清晨六點的校車，暑期輔導，一整夜的颱風雨，其實我可以自行撐傘，他卻執意送我到候車處，那是我們父子最親近的一次，不久前我們剛大吵，叛逆期來到最高點的我異想天開要改名字。

主要是我從小討厭帶傘，覺得累贅，就是麻煩。氣象預報說降雨機率百分百，我還是不帶。連收傘也不會。絕對不拿摺疊傘，以為是女生用的。關鍵也在我讀小學時，外觀有塑膠殼的伸縮傘剛出現，鄉下少見，印象中是母親從工廠拿回來，這種傘主打方便收納與排水，大概那層多出來的塑膠殼長得很滑稽吧，我帶到學校，掛在教室後頭的壁報牆溝，雨具展示般引起全班一陣訕笑，我也跟著笑，有個同學還故意開傘在教室跳鍾馗，玩到整條殼脫落，我也拚命笑。那時我是名閉俗的孩子，成天活在父母爭吵與同儕霸凌的雙重恐懼，心頭陰影一如山區隨時會到的雨與雲，後來我帶傘盡量挑素的，也是黑傘，黑得發亮，小學生撐大黑傘的畫面有點奇怪，所以能不帶我就不帶。

不帶等著淋雨。以前還有二爺照三餐幫我們兄弟送傘，後來就靠父親母親。有時一個加班，一個不知去哪逍遙，我就在候車處等雨停，通常是圖書館的屋簷，或者路邊人家的騎樓。我很倔強，同學家長路過看到，說開車要送我一程，搖搖頭，我不要。

支撐一個將垮未垮的家並不容易，母親總說三十年來這間厝好家在有我。幾次吵得很兇，幾近分開的，國小的我在客廳哭到發抖，阿嬤坐著苦苦勸著。到現在父親聲頭只要稍微放大，我的心神立刻繃緊，什麼事都不能做。父親當年聲頭親像陳雷公，客廳的我嚇得同時關掉電視，都說雷公專打電視也打小孩。而我來到一座更常下雨的城市。開始學著帶傘，收傘，且是摺疊傘，也替人撐傘，才發現撐傘更不容易。

前年夏天阿嬤過世，其中一場法會是抽藥懺，也就是療癒阿嬤生前百病的意思。父親雙手捧著象徵阿嬤的紙糊人偶，母親替他撐傘，傘也是黑的。我們排成一支隊伍，在騎樓跟著法師繞進繞出。眼看山區烏雲正在逼近，法會中場果然降下雷陣雨，樂師忙著移動器材，現場一片混亂。

法會持續進行，喪棚與騎樓隔了一小段路，一小段路便足以讓我們失去隊形，各自逃散。我不想淋雨，可能也是撒嬌，或想陪在父母親的身邊，逸離了長幼秩序，從後頭跑到前面，執意躲進傘下。三個人在有限的空間相互扶持，再進再出，雨越下越大。

煞尾——

淡藍色曾文溪2014

想像此刻妳忙於穿針與引線，早上十點過三分，一人看雇三座機臺，二十坪大的廠房內，天天妳從八點站到下午四點，腳力大不如前了。近來妳找到一張高腳椅坐著，然機器吃布或線圈不足等問題不斷，只能坐一下子。藍領家庭、祖父母莊稼農作，童年有段時間我常跟隨妳來工作，喜歡搶著幫妳打卡，並在線圈堆中分門別類，展開人生第一堂色彩課；更多時候我在廠外的柳丁園丟擲地上的落果，假想自己是中職的投手。機臺運作的噪音太大聲，妳喊我我聽不見，我卻很少喊妳，從來在公共場合我就不是個會哭鬧的孩子，我是妳最放心的小兒子。

這裡是鄉內頗有規模私人工廠，中小企業轟轟烈烈的八九〇代，剛嫁來的新娘第一份工作都在此；三十年，工業噪音毀損妳的耳力，同事相繼離職，或遷出山村往都會謀生而去，或者靜脈曲張無法久站，妳是唯一留下來的人。我常在路上遇到妳的老同事，真的是老同事，也是我的讀者，常向我說起妳們的女工故事。

而此刻你該在名為大溝的珍珠芭樂園，也是我們家仍有耕作的良田，田的中央你搭建了一座鴿籠，高有兩樓，你將退休後的生活放在顧芭樂與養鴿子，結果時間還是剩很多，於是買臺隨身攜帶的收音機，聽起訊號不清、頻道不明的電臺節目。收音機是在善化牛墟購得，那是以老歲人為主的傳統市集，二手的耕耘機啊、噴霧機、送修馬達，牛墟只在日期尾數逢二五八開市，是臺南境內阿公阿嬤的最愛，也是你的最愛。五十七歲辦理早退，退出工廠生產線，同時淡出固有的人際圈，白天幾乎過著獨居生活，讓我想起晚年的伯公、曾祖母。

作為戰後嬰兒潮的一代，童年大多餓過也吃過苦，跟隨臺灣經濟飛起，你也是社會課本形容勞力密集的一代。早早成家立業，不懂教育教改問題，但掛在嘴邊的永遠是那句「能念就要念上去」；你更是得奉養老父老母的一代，父母的病加上中年危機，身與心的煎熬催逼你提前退場，即使你還年輕。

現在是早上十點，我剛醒，睡太晚總讓我感到罪惡，但我已不曾早起很多年。睜著雙眼，想著你們都已上田上工，我還是爬不起來。

離家十年，大學時期我是每個禮拜都回家的孩子，到臺北後，日子過得異常奔忙，加上寫作帶來的神經衰弱，大量人際應對進退，長期處於警戒之中。然作為唯一離家在外的遊子，這些那些新的經驗，你們並不那麼容易明白，我遂也不曾試著述說。

我真的很獨立，然也許我更期待你們稱讚我的獨立，也可能我的獨立根本是武裝出來——大家族的小毛病，總是想要出來做自己。我也沒有向你們吐訴心事的習慣，現在必須學著講出來，邀請你們進入我的生活，我把你們隔絕在現實之外、臉書之外、生命之外實在太久。我也是大家族的小孩，是那種掃墓要出動七八臺車的大家族，擁有私人墓園與楊氏宗祠，祭祀公業，偶常收到通知說哪塊土地徵收，莫名其妙分到一小筆錢，最重要的逢年過節宴席不斷，走到哪裡都能遇到親族內的人。

這個二〇一四年特別辛苦，春天更苦，春天來時我剛要起筆論文，此前一字全無，才寫完緒論就爆發太陽花學運，進度完全擱置，日日到議場外關心進度，一個時代正在代謝：封閉的議場、殺戮的捷運車廂、飛行高空的機艙，洋流中的沉船，埋藏地底的無名管線——「封閉」的意象重新被提出，一個向外出走的力道等在眼前；同時準備博班，夜晚伏案念讀，偶爾抬頭臉書動態掌握抗議進度，接著是老師與舊友接連驟逝，連哭的時間都擠不出來，夏天就來了。

夏天來時我順利考上博士，生出一本名為《休書》的新書，如今看來是個諭示吧？學運、畢業、上榜的激情狂熱支撐著我，《休書》領我至全新的創作境地，我的內在有個聲音激勵我往戶外走去，那裡將有新語言新意象，也有新的表述方式。

九月之後，我在舊學校展開新生活，一天當中：有時我是學生，課中展開思辨，提出問題，教室至多不達十人；有時既說且唱地傳達自己的理念，面對一兩百名的聽眾，這時我是老師；回到校園，在四百人大教室處理學生課務，我又變成助教。我試著享受其中的變化，並扮演好各種身分。大量工作也導致感知麻木，人也鈍鈍的，最主要是看待知識的方式變了，看自己的方式卻沒有改變，世界已經不太一樣囉。

不能常常回家，三個月前返鄉參加表姊婚禮，車程中一次你們問起，你去演講都講些什麼？我講我們的生活啊，答案鎖在喉頭又立吞下去。那些古厝廢墟、果園、廟會啊，它是我寫作的題材、教書的教材，也是原生的血脈。車行在省道，車上只剩我們三人，我又想到小學「生活與倫理」課本的插畫，我確實看到我們從大家族演化成小家庭。

去年祖母過世，時間也是十點，剛好返家的我，睡夢中聽到電話聲響，才離開床舖走到二樓客廳去接，一樓父親就接起來了，突然我記起同個位置，從前偷聽電話的我會在話筒中發出怪聲，就是不讓父親被約出門喝酒，那天我只是呆在原地聽父親在樓下的應答。一個小時後祖母從醫院送回，南部偏鄉產業道路，附近住戶都聚在家前。這些都是早年自楊家宗祠開枝散葉出來的族裔，稀稀落落看得出大家族的規模。

我這就出發回家了，你們就要來接我，十點抵達，最早是善化火車站，然後是麻豆統聯客運站，你們笑說現在我都搭高鐵。二〇一五年，不只是更勇敢地述說，我還想把你們找回來，我們一起去大溝。大西仔尾。花窯頂……我們是生活在曾文溪中游的淡藍色小家庭。

說明——

上下鋪

那時我們一家四口就擠在六坪不到的房間，緊鄰馬路的房間，西曬的日光經過粉色落地窗簾，六坪真的太小，加上父母親雙人床，促狹的空間還能擺入一組上下鋪兒童床，我睡的是下鋪，睡到一半滾到母親的身旁，睡下鋪的好處是自以為得以掛起蚊帳，或者什麼帷幕的。我常設法張開涼被，想把床鋪四周封閉起來，這樣出入就有掀開簾幕，亮麗登場的感覺。

因為空間有限，進門就是床，以及床前堆疊近乎天花板高度的衣物，然後很委屈地在牆邊放了一組原木四抽衣櫃，上面是一臺頻道只能轉到三十六的小電視，我常奉命端放一杯自來水在衣櫃上。冷氣開放的緣故。

偶爾房間只剩我們兄弟，入夜壁燈光影打在牆上，形成一張三角形狀的大臉。哥睡上鋪，我在下鋪，我們喜歡說鬼故事嚇彼此，且都舉我們認識的親戚當例子：我嚇大哥說他睡上鋪，比較靠近馬路一家菸酒商店剛剛過世的阿婆，大哥就嚇我睡下鋪，比較靠近後院中風多年剛剛過世的三姆婆。

睡上鋪需要樓梯，於是又很勉強在衣櫃前面架了木梯，不用的時候平放地上，後來懶得搬動，猴子一般大哥都從父母床鋪爬上去，這樣睡覺太危險，我也不太贊成。上鋪後來我們將它拆除，我那有著帷幕的洞窟被迫完整出土。父母婚姻的第一個十年，以及民國八十八年，尚未離開大內之前，我是曾如此搭建故事發生的場景。

長照——

我們父母的修業

我的父母沒有念大學。在我成長過程，時常聽到他們提及各自的求學故事。父親念的是當年稱謂仍是省立的曾文農工，母親念的是私立的新榮工商，而我從小就分不清工商、家專、商工、農工、高工、家商、高農之間的差別，一如我其實並不十分明白父母的修業。

清晨山路總有書包校名並不相同的通勤生們……村子罩著大霧，他們安安靜靜走過我的家門，上頭校名書法字像是我的天然國語課，這些林立臺南縣境的技職學校，成為引領我看到本鄉本土的一種方式。這些大哥哥大姊姊將到哪裡念書呢？新營、柳營、永康、後壁。我所居住的大內，最高學府就是國中，父親念的是第一屆還是第二屆。九年國民義務教育結束，若有能力升學勢必就要外出，交通問題於是成為天然屏障。原來我們父母的修業史就是通勤史。修業史更是早起史，曾經我也是早起的孩子。

父親常說國中時期因著體育長才，被村里老師鼓勵去念以體育聞名的南英，卻因家境經濟不得不放棄，父親國中念的是牛頭班，跌破眼鏡成為當時班上考上省立的少數幾位，連他自己也不敢相信。父親說：他到國三才知道什麼叫做念書，用現在的話來說就是有了自覺。什麼時候我才有了自覺？想來該是小學三年級。當時我遇到了一位瘋狂鼓勵我的老師。我的所有作業她都當成珍寶在課堂上與全班分享。我是那種越被鼓勵，表現越是驚人的學生，這並非意謂我是喜被摸頭，或者活在掌聲之中，實是鼓勵與掌聲正是這個家族十數年來最是匱乏的。祖母早年忙於農作，同樣沒有能力管理三個孩子的功課，自力更生、自力救濟。我做人學生、做人兒子，凡事自己來的性格大概根源在此。

父親進入農工之後，仍在體育方面獲得青睞，數次代表全校參加縣運省運，老家三樓曾經有過整牆的獎盃，明白述說著他在運動方面的天分。他的專長是跑步，短跑長跑都行，馬拉松自然沒有問題。父親熱衷跑步，他說上學時間偶爾就從大內跑到麻豆，我問書包是要怎麼辦呢？書包就先交給同鄉同車的同學某某，然後一身輕便毫無包袱，便以家門為起點，每天快樂跑步去上課。

這時民國六十幾年。曾文溪中上游的山村大內。動作是晨跑上學的父親。路線是出大內走省道，轉官田渡子頭、東西庄、經寮仔部……不可思議這也是後來我中學通勤的路線。父親說他總比校車還早抵達，於是有了餘裕時間，再到校邊榮民開設的早點舖喝滾燙的豆漿。父親素來最愛榮民口味，記得我從小跟他跑遍臺南吃盡了各種外省麵。除了父親，後來我的叔叔，乃至堂叔、大哥也都負笈麻豆，我也抵達麻豆念了六年書，想來我們一家跟這舊港口老鄉鎮的緣分結得真深，這是另外一個故事。

我的手邊有張照片，父親身著短袖短褲的跑步側寫，他正跑過司令臺，體態十分健美，他說這是馬拉松的最後一役，當時正往終點奔去，如果將父親的馬拉松賽事描繪座標，我想像同樣他的路線也是走省道，省道太重要了！沿途的光景，臺南的植栽，菱田與水田，行人的顏色，建物的高低，開發的次序……都在他的飛身過後，重新向我投影而來。

父親擅長體育術科，體育卻是我最不拿手的。小學三四年級，傍晚父親常帶著我與大哥來到國小操場練跑。我們三人罕有的父子時光，在仍是粗礪砂石的紅跑道，只有我是用走的，甚至打著赤腳。父親大哥因為平時有在打球，總是習慣穿上釘鞋。許是因為我的體力不如他們，或者我只是想要偷懶，我的速度奇慢無比。回想起來，會不會是格外珍惜這段親子互動，所以我想慢慢走，慢慢走呢。

知識的距離是什麼？臺灣戰後嬰兒潮世代的知識養成，技職體系居功厥偉，那些無數名為工商、家專、商工、農工、高工、家商、高農的學校，成為許多父母人格養成的關鍵場所，那亦是我們雙親的母校。我的父母親正是其中一員。如何走一趟父親母親的求學路，是現在我最在意的功課，也是這世代的功課。

我就要開始走入父母的修業，在你與我的學歷紛紛高過父母的時代，我們又該如何理解他們呢？新世紀將要邁入二十個年，很快抵達你我眼前的正是雙親的故事，相信日後長照的情感基礎亦是來自於此。他們的未來是否就是此刻的我們。然而他們的未來或許曾經不是這個版本。是在哪個節點決定了以後的情節發展：關於父母的修業，婚姻的抉擇，以及你與我的誕生。多麼想要知道究竟為什麼我被生下來了。

離境——

烏陰烏陰

父親騎車載我要去印小說，走的是寬只容一臺發財車的窄路，路的照明並不充足，路很陰，得穿越竹林與墳群，卻是一個解析度極高的夜——雲散雷雨停的夏夜八點，曾文溪邊的舊型工業區，有一支煙囪在排放白煙。我們的機車穿越積水的暗濛濛的涵洞，與南二高十字交叉，與堆高機會車，還有零星單車移工朋友。路的兩邊依序生出一片廠房與一片蔗田，我們父子是善化平原的亮點。工廠其實位於臺一線旁，父親抄的是小路，跨過臺一線很快到臺南科學園區。我正走在父親工作三十年的路線，且是一條險路。我的口袋卡著一塊三點五磁片，裡面躺著一篇準備發表在校刊的小說，篇名更陰，叫〈在陰天起飛〉。那是二〇〇三年，我念高二，二十一世紀已經來了。我家沒有印表機，不知USB，超商也沒i-bon，輸出一篇文章得從山區走兩公里路來到父親的織廠。

為什麼急著印出那篇小說？小說其實沒寫完，我只是在經驗一個從手寫到輸入的階段，還習慣像小學生寫完作文，期待好句子老師會在上頭畫波浪紋，我也想要塗塗改改，經常就生出許多新意象新語法；可能只是想出門透透氣，需要一個兩公里長的距離釐清思緒。通過那地是善化，多年來它提供偏鄉大內一切的物質需求：上光眼鏡、全國電子、運動用品店、中型書店，還有影印店……小說最後沒有印下來，我卻跟父親說一切都弄好了。辦公室印表機大如分離式冷氣，猜想是印報表的機器，我不熟操作，加上找不到影印紙，那個晚上父親逕自去巡廠，留我對著一屋的電腦發呆，才發現父親原來有一個沒在使用的位置。父親是粗魯人，不是坐辦公桌的命，他的桌面壓著一張員工旅遊時攝下的全家福。

那篇小說我不敢再看，故事以就讀的校園為背景，寫的是兩男兩女愛到卡慘死的故事，記得其中一個男的還跳樓骨折，莫名其妙飛到溫哥華去，我還寫溫哥華在美國，世界地理不及格；這裡沒有一個場景發生在教室，多是走廊、校車、集合場或網路空間；情節推動靠的是即時通訊、逼逼耶斯、電子郵件、網路日誌，以及不斷插入的流行歌詞，一首比一首陰，一首比一首絕望，那時楊乃文的〈明天〉是我的主打歌，每天睡前都要聽「生命我不懂何時它要畫下句點」，抑鬱至極，楊乃文聽完換王菲的〈乘客〉，隨旋律覺得自己輕飄飄也像開車在高架橋（大概就是南二高吧！）。如此整夜不斷重複播放，而明天與乘客的生活，不正是我搭校車通勤六年的顯示？這裡也沒有一個人物善於表達，卻在網路擁有強大的述說欲，多數與家人溝通不佳；又所謂即時通訊、逼逼耶斯、電子郵件、網路日誌不也是刻正最為時興的說話方式？

高中接觸聊天軟體，同學流行玩奇摩即時通，我的狀態習慣隱藏，熱絡時一次能和七八人聊天，打字速度從此變快，週末放假大家約好開會客室，在房間吹冷氣對螢幕高歌。那時我們音樂課考試要輪流上臺，或合唱或SOLO，當然也能表演吹中音笛，週末趕緊在網路交換歌單。本班人氣曲目是S.H.E的〈熱帶雨林〉。我記得隔壁班有個男生唱〈四季紅〉引起轟動，據說一邊唱春天花吐清芳，雙人心頭齊震動，一邊走向臺下跟同學握手。我應該是唱陳奕迅的〈十年〉，現在還在唱〈十年〉，十年之前讀高中的我把時間花在上網、追星、到臺南市逛街補習，和家人互動變少。最有趣的改變是講話速度變超快，快到感覺鍵盤要從口腔跳出來，阿嬤常向我抗議，她念我聽無你是咧講啥。

閉上眼彷彿能摸到字句間的高溫，像回到那個植滿文旦樹的熱帶小鎮，四月的柚香，五月的王爺遶境，六月固定午後下至少兩個小時的雷陣雨……我不怕雷不怕雨，就怕那烏陰烏陰、要下不下的躁動感，高中時期的我像〈在陰天起飛〉的任何一個人物，就是不像自己，不像自己，於是帳號就叫JUSTMING，就是閔，太糗了。那時流行戴粗框眼鏡，我也跟風到善化鎮配一支，為了搭配優惠方案，母親順勢配一支老花，母子倆如置身鏡宮各自擠眉弄眼，齊心要把世界看得更清，其實我度數低，不戴眼鏡能看到黑板字，戴久還會暈，總說一句就是ㄏㄧˋㄠ尻川；也學著把頭髮抓成火焰狀，鄉下沒有髮廊，我到家庭美髮跟淑霞阿姨比手畫腳老半天，終於剪出一顆像樣的刺蝟頭；褲子則是要垮又要低，我只求它不高腰，還不敢露出四角褲頭；襪子也是低，最好低到看不見，上課我愛在座位褪赤跤，也就是打赤腳的意思，那是第一次覺得腳踝可以很美。

高中是我最叛逆的時候，只是微叛逆，至多裝病一禮拜在家不上課，以及讀到中午自行宣布放學，理由都是要回家幫阿嬤買中書頓。父親剛辦手機，再忙也會立刻從善化織廠驅車到麻豆，他一定知道我沒事，只是需要一個兩公里的距離，他是不是剛好也需要一個兩公里？或者我的叛逆顯示在不讀書，每天傍晚從麻豆搭校車回到山區，我的作息六點到七點是洗澡吃飯，兼看《完全娛樂》和《娛樂百分百》，七點看一小時的《櫻桃小丸子》，我最感興趣的角色是野口，這個人也是陰陰的。八點到十點全家坐定客廳看《臺灣霹靂火》，嘿啦，就是邢速蘭和劉文聰。鄉下缺乏夜生活，一攤鹽酥雞也沒有，Seven開得特遠，十點我就開始上網直至深夜。自己的學業自己顧，那時奇摩家族正流行，我成立過一個限定成員的私人家族，也有個PChome新聞臺，專貼像數來寶的詩；我也是超級姿迷，每天都要去「華納音樂線上雜誌」潛水，加入所有燕姿家族，不懂鋼琴卻連琴譜也要買。

主要是我不玩網路遊戲，上網一小時就沒地方去，正好我是文藝社成員，負責協編校刊，應屆主題就是七年級，大標題是我想的，叫「七年級的下課後」，七年級下課後都做什麼？其中一個主題是拍貼，我一竅不通，內容介紹各種機種差別，放了許多同學的拍貼當範本，印象中有一臺叫美神，臺南拍貼都到國華街中正路一帶，FOCUS也有幾臺，我不太會拍，抓不到秒數，眼睛失焦表情恍惚，一群人擠在一口大箱子，我會不小心掉到畫面外。有個主題叫校園十大外賣，手搖飲料是高中生白開水，我常訂的是梅子可樂，我的同學喜歡喝阿華田加珍珠，自己的飲料也是自己配。因為文藝社，我的高二生活過得憂鬱，晚上十點就開始寫〈在陰天起飛〉，邊寫REAL PLAYER自動放歌當背景，也是〈明天〉和〈乘客〉，再加一首孫燕姿的〈不能和你一起〉，太悲了！那時買CD很少看歌詞本，因歌詞帝國什麼都有，手持詞本唱歌是一種歷史鏡頭。

我記得有次參加國語文競賽，因平時課外書看得少，趕緊硬背一段蔡健雅的〈夜盲症〉，什麼「黑夜的顏色能否黑一點，讓沿途的街燈能浮現」，結果隔天作文題目要我們談節約用水。那本刊物最大特色其實是大量圖像，每次社課時間我手持相機在校園勘景，拍出許多私房景點，看到前人不曾見過的黎明。那是數位相機開始流行的年代，我也趕到善化中山路買一臺索尼，一萬多塊，每天帶到學校無脈絡無目的亂拍，網路相簿命名為「意義在哪裡？」、「IT'S MY LIFE」，兩本內容並無太大差異。數位相機是不是違禁品呢？我記得有個同學衝到學務處請示，答案沒有問出來，倒是跟所有教官都拍了一張。

數位相機讓我長出另一隻眼睛，太重要了，父親常因訓練賽鴿需要放飛：布袋港、興達港、林邊……最常去的地方是七股海邊，七股海風大，潟湖上的竹筏，孤伶伶的蚵棚，父親剛過五十，突然需要出差跑業務，一天來回桃園臺南是常有的事，我仍不停編織理由請病假，心跳太快、拇趾外翻……那時也吹起一股隱形眼鏡風潮，也就是日拋，日拋這二字多可愛，但我也是粗魯人，有次自修課在教室戴上第一眼，另一眼放不進去，上課我就像蔡依林後來唱的〈睜一隻眼閉一隻眼〉，當天放學，父親知情像是怕我會瞎掉，口氣越說越重，我惱羞成怒，更羞更怒，將門反鎖，父親有喝了一點吧，然後是門被踹開，然後是所有鄰居聚集在我家門口，然後是叔叔在一陣怒罵、推擠、哭鬧中將我架開，把我推向大哥發動好的車子，從暗夜偏鄉駛向一段兩公里的路，我記得阿嬤坐在客廳掩面嗚咽。

這事母親至今還常拿來講，說笑死人喔，愛水又戴不上去，我也笑笑的，太糗了，我是真的任性，那年指考作文題目叫「回家」，我寫的卻是一個出門的故事。我確實在練習出門，記得隱形眼鏡事件隔天，清晨六點吃完早餐，肩著書包出門等車，那是一個陰天，烏陰烏陰，視線並不清楚，路燈亮著，我知道父親從五點半就等在騎樓了，他是不是很多話想告訴我？他工作壓力是不是很大？他也在練習和我說話吧？我也很多話想告訴他。像小說描述的每個男生女生，表情酷酷，不愛講話；像楊乃文唱的再見明天，明天只在我夢裡面，夢中的我是否只得走向黎明……十七歲的我終究是選擇抄小路走後門、繞開他。一心想飛，很倔強地，不在家了。

內外——
故事與故事之間

生命紀念園區

如今返鄉可以去的地方其實變多了。或說很多地方重修你應該去看。這座鄰近產業道路的百果園，拋荒至少二十年，每次行車路過心裡都會一驚，都會想到田中有座農舍，如果內頭變成書屋會是怎樣一種光景？最初對於這塊田地的印象，就是農舍，以及農舍周邊的兩口水池，日日我在淺眠夢境擔心自己終會慘跌落去。

這塊田地切分為二，田頭是我家菜園，第一次看到野生的白蘿蔔，於是信了會有野兔前來的說詞；田中以至田尾是伯公家生得齊整、顧得極好的柳丁園。為什麼中間一大段二十年的歷史不見了呢？田的主人如今相繼離開了我們，等在眼前的是一段嶄新的敘事：你是要把故事走向鄉土小說，還是要把故事走向踏查筆記，或者你只想與這塊土地靜靜共享一個黃昏。

幾天前，獨自騎車來到這座父親近年重新翻整的田地，因著離家近又有水源，躍升成了我們最愛的百果園。走在田中不只一次感到心驚。我覺得我離開臺南真的太久了。

氣象

「中國」到底是什麼？這題目好大。從零九年初來的頓失象限到畢竟得以凌空抓到Wi-Fi、坐展示樣品屋般的全新酒店套房輕鬆登入Bing自動經緯座標。Bing。有求必應：河北、兩湖、安徽、四川、福建、北京、內蒙、陝西……新世紀的地圖學仍在路途中，而我有股持續認識你的更大的衝動。打開電視通常只看氣象。中國氣象頻道。像中學時期突然被通知前往視聽教室的地理課堂，在魔術暗室用不常使用的影音設備看少數民族小戲表演、認識秦嶺淮河與雨帶霧帶，大小麥與高粱米，總是有一根線想將你勾住，山區土屋玉米農作物中國結般地繫在門板，我的中國認識究竟是怎樣發生的？這次Bing也幫不了你了。

南與北

搭乘早上七點的區間火車從高雄出發，仍是南下，我要到屏東女中演講。這幾年全臺各地跑，累積不少經驗，像回到戰後初期國語運動的年代，非常感激這些機會讓我練習說話，常有些奇想靈感、地層下陷的陳年事，甚至一篇文章就突然被鉤回來：結成組織、長出形狀、生出故事，我也覺得不可思議。不知怎地，這一場特別緊張，事前還將PPT列印成紙本，途中有空便握在手上翻閱、畫線作筆記，像學生時期背著英語生詞。演講過程非常順利，學生用功、聰明又熱情，不僅熟悉文本，還挑出幾個意象進行空間布置，也把我的拙作〈唱歌乎你聽〉演成短戲。面對學生的熱情，縮在暗處角落的我有想哭的衝動，羞愧地更想爬上校內的雨豆樹躲起來，而我只能回應以火力全開，身與心完全打開，同時警惕自己的不足與侷限，給予我所能給予的。

學校地

大概小學五年級，學校宣布裝設保全系統，並在升旗時間反覆大聲告知。同個時間通向二樓的每道梯口也都全部安上鐵門，我初次看見按鈴形狀的警報裝置，每次經過都怕誤觸，喘氣特別小心。主任說得生動嚇人，聽說只要稍有動靜，貓狗也不放過，紅外線瞬間啟動感應，保全先生五分鐘內就會抵達了。

不知道是在防什麼，從此課餘時間我就比較少來學校，並且覺得紅外線一定會掃到我，連圍牆邊黑板樹都不想太接近。

其實，稍早學校仍有夜間看守的職員，自然他是只在晚上出現，負責看雇不大不小學校地。偶爾母親騎車載我路過，連棟校舍但見教師休息室的燈是亮著，我總拉長脖子張望坐沙發看電視的阿貝。雖是遠遠看著，我卻記得他是長得真的、真的很像蔣公，差別身形比較矮小。

不知道他在白天幾點離開學校地。因為教室距離住區很近，人車流動致使夜宿校園感覺不致太過冷清，當時我的心中多少是帶有羨慕與好奇。

同樣小五左右，一次早上十點下課鐘響，我在二樓走廊，驚見伯公開著噗噗車載著姆婆，正進行噴農藥的大動作。噗噗車旁跟著黃仔與黑仔，然後是教育我們社會與自然的體衛組長：他正一邊驅趕下課靠近的學生，一邊負責路線引導，就怕太過靠近教室，招來家長抗議．是說怎麼不安排假日時間呢。

當天放學立刻進門稟報祖母，這才知道伯公姆婆是受邀前去處理小黑蚊的老問題，隔天升旗時間校長為此特地說明，校長以楊老先生老太太稱呼，我彷彿聽到他講學校地有部分是兩位老人家的。接著還要我們齊口大聲喊出感謝的話，根本兩老不在現場。我有開口但是對嘴，感到一絲淡淡榮耀。

我在構思學校地這文章的時候，腦袋瞬間就想起了兩件事情，一則關於紅外線，一則關於噴農藥。於我兩者實是密切相連，一體兩面。

再過一個學期，學校將要拓建更大更廣，保全系統加倍森嚴，更多紅外線交織校舍球場半空中，小黑蚊卻是有增無減。每個導師桌上備有一罐歐護防蚊噴霧液，小黑蚊據說是從新買校地成群飛了過來。這塊新地戰後四十年來荒煙蔓草，在學生口中它是到處蛇窟、垃圾，且疑似還有日本墳塚的無主之地。

翻譯機

翻譯機是不是違攜品呢。我的第一臺翻譯機在中學時期購入，說是為了查詢英文字，不如說是風騷看人家有我也要有。夜間叔叔驅車到善化小鎮的全國電子，母親與我彎身對著玻璃櫃內的各種機器擠眉弄眼，母親不知什麼是翻譯機，頻頻比著免持聽筒的電話說這臺看來真水。

當時班上擁有翻譯機的大有人在，比較厲害的附贈觸控小筆，握在手中東西比畫，有時低頭偷玩貪食蛇戲。我的那臺比較幼秀，買它主要因為同時要看多本英文雜誌，單字需求量大，老師也很鼓勵。我們學習英文融入科技人文，只是我並不愛用。

記得螢幕介面的顏色是茶金色，內建系統條理分明，點入其一得以進入更為繁複的另一系統，知識內部還有知識，我覺得這才是翻譯機給我的啟示。

也常在午休時間玩貪食蛇，或者使用記事本功能，偷偷寫著學生日記。最常操作的仍是辭典系統：英翻中和中翻英到底有什麼不一樣呢。使用整句翻譯功能，卻永遠偏離題意，最後放棄乾脆自己重譯，嘗試說出自己的譯本。

有一年，自修課連著英文課，這時全班趁機拿來惡補進度，瘋狂查閱英文雜誌上的隻字片語，有時順便練習發音，結果誤觸播音按鍵：這邊冒出一個revolution，那邊正在determine，中間則是radical。聲音都像出自同一個女人，好像班上多了一名新來的學生。

而我一邊查閱單字，一邊偷玩看似不斷增長、其實遲早觸底的貪食遊戲。貪食故事的母題旨意就是侷限二字，而我正在經驗的翻譯，不偏不倚，正是一種侷限與侷限之間的事情。

北門路

密集出現北門路是在我的高中時代。最常從善化搭乘區間車到臺南，彼時南科站還沒出現，大橋站仍算新，我常在這段約莫二十分鐘的車程，或者辨識不同學校的衣服款式：高職、高農、高商、家商、工商、農工；或者拿著遠東版英文課本生吞活吞一枚枚單字。移動中的我特別容易專注，許多長相詭譎的長字彙，是在這段以臺南為背景的短車程給背了下來；或者我就只是慣性倚靠門邊放得超級空，動作則是同時認識各種校服的穿搭，搖搖晃晃手拿英文課本，最後沒有一件正事做成。

記得新市永康段與省道是平行的，自行車比較快還是區間車呢？車過此段我的心情同樣特別平靜，指考學測其實不曾給過我壓力吧，只因我的心思早就飛到北門路，並從北門路不分東西南北向飛向臺灣各地。

十七歲的北門路，我看見翹掉補習班課程的自己，當時我就喜歡逛舊書店了嗎？喜歡蒐集各種國文歷史課本。中山、民族、北門形成的三角地帶，我在其中演算著消耗著我的精力。畫面卻始終只有我獨自一人走來走去。

那些地下道冒出的成群學生隊伍。那些紛沓且酷炫運動球鞋。我自卑得頭幾乎不敢抬起來。我們同是少年為何看起來如此不像。但是我們怎麼可能會像？等在我眼前的這個世界，當時以為的未來，最後又是什麼模樣呢？

Brookline

去年住波士頓附近的Brookline，中午過後沒事我就跑去逛書店。

常去公寓附近的Booksmith。可能剛剛寫完《書店本事》，跑完臺澎金馬四十家獨立書店，我仍下意識觀察起書店的格局、光線，乃至藏書的方式。這店樓上擺放的新書，兼及各種文具用品，後來回臺伴手小物絕大部分是在這處買下；它的樓下則是二手書區兼辦文學講座，很喜歡店員替特殊藏書寫下的推薦小語。有次亂入坐了一下又飛快淡出。內心掛記要去Whole Foods

買很快賣斷的龍蝦。

碰巧一次看到地方的媽媽正在認真打毛線，似乎是個工作坊，忍不住湊過去想加入，這時候內心如果想到慈母手中線的意象是不是太方便呢，所以要想新的說法。

還有一次，大熱天戴墨鏡，整個人看起來超有事，沿著Harvard St.直直向南走到Washington St.。亂入一間專賣兒童文學的小書店，最後什麼都沒買，倒是細細研究了一下櫥窗孩童的即席創作。這裡到處都有關於Make Way for Ducklings的出版物。臺灣譯作是由資深作家畢樸所翻。

那日兒童書店逛完，不知怎麼繞到Longwood。我在臺北練出的好腳力，在此完全派上用場。這區房子美得嚇人，很像以前在美語教材或者什麼年曆看到的插畫，從此午後自住處出發，散步去柯老師年輕時最愛的波士頓美術館，就成了回臺前三個月的重點主題。

最吸睛的書店應該是Downtown的Brattle Book Shop：露天的書車。牆上的肖像。入口處橫置一枝超大鉛筆，如果這時候想到大筆如椽四個字也是太方便，所以要想不同的修辭。城區書店特多，我與W常常在此耗了一個下午，最後在中國城晚餐作為結束。

刻正臺南好熱，嘴裡含著冰塊看稿，突然想起去年訪學的故事，這裡緯度較高，五月日照已經極長。我是只能在日間出沒的動物，八點日落對我來說簡直禮物。想起來是有點懷念呢，某場高溫彷彿仍在我的體內延伸。我很喜歡那時的生活，卻也更加懂得喜歡現在的生活。

福氣

鑽石婚

外公外婆今年結婚就滿六十年。得知這個喜訊是在一個夏日午後的冷氣房內，母親與大姨滔滔說著當年生產如何艱辛的奇聞軼事，現在她們都是做人阿嬤的年紀了，客廳內的談話倒像小女兒回家同老父母分享婚嫁的趣味談，更像一種成果報告：人生過得還可以呢。不知話題怎麼轉的。外公突然冒出一句今年他也結婚六十年，顯然他是放在心上，腦袋相當清楚。外公今年八十歲，外婆稍微大一點，一開始即是老少配。六十年是什麼婚呢？立刻我就上網查詢。一個鑽石般堅定的想法浮現在我心頭，低首忖想著是不是可以做些什麼。

可以做些什麼？幾乎是個儀式，每個週日母親大姨各自從遠嫁的夫家滿載各種物資獨自歸來，子女已經成人，工作負擔少了一半，可以四界跑了，最愛回到原生的娘家：一個從臺南山區西向，一個從府城東北移動。幾乎也是個儀式，日日外公二十四小時照護著外婆。外婆意識相當清楚，臺語說就是腳路不太好。每天流程是三餐、梳洗、曬日……

清晨外公總在協助外婆用完早膳，推著她沿著生活六十載的菱田小村繞一圓周，而眼前一切皆是他們故事的接頭：相識、結婚、生子、嫁女、做公做嬤，現在都是阿祖了。這對銀色夫妻的村路散策，沿途所看是新的也是舊的，他們在想什麼呢？有年回去短住，跟著出去行腳，太早差點爬不起來，也許是天色將明，前方景緻都是光亮亮，現在回想，其實是他們甚篤的情感震撼了愛睏的我。一切都太閃。一切走來真不容易。

只是這樣的儀式進行多久時間了？時間感似乎正在漸漸消失，維繫記憶的就是一個又一個的儀式。只有外公明確知道今年與外婆已是鑽石婚。大姨母親持續追憶著她們的少女故事，回到這裡她們就像阿公阿嬤尚未出嫁的女兒。時間感是不是也在我的日常漸漸消失？坐在客廳角落的我驚覺自己早已不是當年還在田間圳邊野得沒有人影的孩子，我是個成年人了。所以在我眼前的原來是一則關於母姨輩退休的故事，同時是關於祖父母長照的故事。

我是不是離開臺南太久了？這個提問牽掛在我的心上一年多，關於老家的記憶因而只能以各種儀式當成起手式，比如過年、祭祀、節慶，坐坐就走……也許關鍵也不在離開時間的長短、回家的次數，而是我仍在等待一個形式、一條路線、一個說故事的方式，會不會就是這場鑽石婚呢？

我想像屆時人數並不算多的子子孫孫，自東南西北朝向老家歸來；家族合照拍起來不夠盛大不用太在意；雖是慶祝鑽石愛情，可以想像外公又開始不得閒西忙東忙，準備更多的物資要大姨母親打包帶走，鬧得院前院後鬧哄哄。村子人口外移嚴重，此刻卻是方圓百公尺內人氣最為活絡的一戶。我們心中都知一路走來好不容易，而外公外婆領在最前頭，持續放閃給予照明，永永遠遠指引著我。

地號

粉薯園

四處都有人在洗粉薯，團團圍成小圈，這一圈那一圈，始終我不明白它的用途何在，也記不起什麼時間突然成為鄉村工作的一種，手寫粉薯代工扛棒隨意可見，眼前世界漸漸陌生起來。

外公也有一塊粉薯園，某個年節寒流來襲，我們在官田老家找不到他的身影，眾女兒不約而同都說是去了粉薯園，外公有忙不完的差事，卻都不是自家真正的事，滿滿的粉薯挖來送人，永遠替人代工。

幾次觀察下來，我發現粉薯費時又搞剮，我不知外公為誰而掘為誰而做，他說他是在運動。

粉薯園因為鄰近葫蘆埤，前去之路尤其刁鑽，腳路大概只許一機車經過，而兩邊盡是下陷的水田：可以看見水田菱田中央有水雉立定不移，那日我騎著機車前來找人，判斷此路太險，遠處熄火於是徒步向前走來。

我只是要通知外公回家午餐，加上粉薯園四周並無太多高樹遮蔽，視野遼闊如同平原地形，車子熄火我就看到外公正彎身掘粉薯。遠處許多建案正在興起，每次路過我都心想什麼時候才能買一棟，並把大家抓來住一起。

粉薯園可以看到高鐵基座，每個整點都有一班站站停的班次南下北上，更遠之處是臺鐵隆田火車站，如果靜下心來就能聽到天地之間的背景聲響。

我亂說了一些問候的話，場面顯得有些困窘，其實我從不曾到過此處，出發之前我只是根據母親提供的方向線索，自己憑著直覺找到的。

我也留意到旁邊躺著一座大墳，這門墳墓特大，原來是夫妻共埋的大墳，當時男的先走就已預留了女的穴位。墳內躺著外公的大哥大嫂。這位大嫂我見過，外公與他的大哥相差將近二十歲。他是家族最小的男丁，大排行在第十三，所以有人喊外公喊他十三叔。

十三叔正在粉薯園運動，在冬日黯沉臺南平原之中，空曠四周它是唯一焦點，我發現自己實在冷到無處可躲，這粉薯園也一時像是人情淒清出風口。

地號

嘉南大圳

古哥地圖縮圖聚焦，得以清楚看見一條水圳流過外公家的後院，縮到極致能夠看到圳溝實景，水流並不盛大，日期顯示這是冬天，我突然想起高中校舍牆邊也有一條水圳，沿著地圖曲曲折折滑了下去，果然最後終將經過我曾待過的校園。意外發現原來這是同條水線，心中升起一股狂喜，像是兩段故事意外牽上了線，這線叫做嘉南大圳麻豆支線。

大內屬於丘陵地形，水源大抵仰賴曾文溪水或者自家水塔，對於水的認識十分薄弱，外公家後院的這條支線引領我認識嘉南大圳，以此深入養我育我的嘉南平原。

國中高中負笈於一座依附文旦與蔗園的教會學校，我的視野與心胸為此大開，記得那時我常來到校舍制高點，只為了能夠看見這條水圳，水流其實並不盛大，但我想像水線行經之處將有多少莊稼正在進行，而感覺教室內因著升學鬱悶的我並不孤單。

十二三歲的週末，時常帶著新細說版本的地理自修，陪同母親冒著違規風險騎車回了娘家，下午獨自坐在三合院邊間的客廳，沒有書桌，就把長椅當桌面，席地坐在冰涼洗石子地面，安安靜靜讀著認識臺灣的水文篇。那時課本描述的地景地貌不可思議只在三步之遠，我彷彿還聽到其時仍有運作的臺糖火車，嗚笛音聲正在傳來，水鳥紛紛振翅躍起，而平原上許多人與我一同為了生活努力，心靈與精神感到無比富足。

有時課本扔下，跨上外公有點兩光的淑女單車，黑色的掉漆的，失去東南西北地就在村路上平原上騎著，其實我只是為了追逐遠方傳來的火車聲響，然而他們告訴我鐵軌早就已經連根拔起，此地根本沒有火車運行，糖廠紛紛歇息，那麼我聽到的竟是什麼聲音？

我的心中始終有座水田菱田也有文旦甘蔗森林。一條水流並不盛大的支線，從官田流向了麻豆，從外公家的後院流到了我的教室窗前，試問途經多少故事？我今生還能說多少故事？

地號

元寶地

沿著省道行車得以看見許多販售蒸氣菱角的攤販，那些手繪的看板有人說它像蝙蝠也有人說它像元寶，蝙蝠元寶大概都帶著吉祥寓意，然而菱角在我心中卻是多刺作物。小時候常被菱角刺到手指，與菱角有關的記憶都是有稜有角，適合輕描淡寫。聽聽就好。

那年為了成全決心重新做人的他，於是家族起了一座菱田讓他好好學習。應當學習的人始終下落不明，菱角卻已飛快發育，一直等到收成季節，無人手可幫忙，菱角又極費力費時，最後上自八十老父長姊二姊紛紛親自上陣，大家都是新手上路，水流經過之處都有生得飽滿的菱角，小心站穩不然倒頭栽會溺斃，小心摘取以免刺到手指，小心高溫日曬中暑所以多喝水，我懷疑在我眼前根本是一座受難池。

菱田邊界爬滿粉紅顏色的福壽螺卵，水底腳邊到處都是福壽螺動物。媽媽全副武裝也來幫忙，我想勸她不要但講不出口。

想來這塊菱角地的身世也相當曲折，最早它是平原四周唯一芒果園，每棵愛文樹有無開花結果都極其醒目。每棵愛文樹上都有一座鳥巢，初次看見野生鳥蛋，心中同樣升起一股狂喜，天地之間我在為誰開心呢？記得父親曾經短暫前來種植，中間做做停停，後來又拋荒好一陣子，現在菱角地承租他人，只留一塊鄰近水圳的畸零地種些自食的蔬果，進出的腳路如同前往粉薯田的小徑，外公有次連人帶車摔入池中，在電話中呵呵笑著說沒事。

我的外公外婆都年事過高，在我眼前是一個老人在照顧另一個老人。我有很多瘋狂的念頭，比如想要去替他們報名模範父親母親夫妻檔，不知他們條件有沒有符合呢。

插播中——

名狀不可名狀的故事

空中再相會

不要隨便發出聲音，因為外婆正在叩應；電話時常打不進去，因為外婆正在叩應——外婆正在線上，坐著有著靠背的椅子，眼前一張桌面不算齊整的木桌，面對的是一扇封死與無光的鐵窗。

其實木桌就放在接連兩個房間的走道，每當房門同時關上，就會形成一個坪數約有三坪、貌似自習室的封閉格局，外婆常在這裡撥出電話，發出各種訊息；這張書桌也是一張老書桌，據說是小舅做學生時用的，放在刻正我站的地方已經三十年了。

我對木桌的興趣不多，卻因一個原地不動三十年的想法，覺得事情變得有點意思。什麼東西在你身邊三十多年可以不曾改變呢？桌子若有生命，我想問它是否還活著？它會不會也想動一動？

這次出國之前，特地回去看了外婆。匆匆瞥見桌墊下方壓著一張紙條，斗大的國字筆跡，寫著她的四個子女的名姓與手機。當下我的心裡想著：號碼是對的嗎？什麼時候寫的？以及原來外婆字跡非常端正，四組名字明細一般向我清楚展示，它提醒著我：外婆曾經擁有四個兒女。

四個兒女早就陸續離家，連外公都中年重返職場，長期投宿在外，她是唯一留下來的人。抄錄這組號碼大概是為了方便找到出門在外的孩子。我們知道現在是撥了號碼不一定找得到人了。因為小舅已經離開我們，大舅不能輕易回家。

多年來獨居的外婆，就在這張桌前守著她的收音機。不知她是否和我一樣，也是喜歡聽臺語老歌，可以肯定的是，外婆在電臺是出了名的能猜謎，為此獲得許多戰利品。有次贏得一組金飾，特地把我們母子急叩回來，極其謹慎將我們帶到房間，捧在手上要我們辨識到底是真是假。外婆收聽的節目是以賣藥為主，一種草根性、庶民性極強的休閒娛樂，而且都只固定收聽一臺，所以再三告誡我們不能輕易靠近她的收音機，不可隨便收縮機上的天線一公分、兩公分、三公分，這樣就找不到她的頻道。記得幾次看她在滿線狀態仍然努力撥打電話的模樣，跟在身邊的我忍不住還會替她急了起來。

偷偷告訴你，外婆的電臺暱稱叫做臺南阿四啊。偶爾聽到收音機內傳來朋友對她的問候：

臺南阿四啊妳好！最近身體好無？腳骨還會疼痛無？不知為何在他們的談話之中，我總感覺躲著一個我並不認識的外婆。我記得節目每次來到尾聲，不知身在何方的主持人，也會提醒西南東北的聽眾朋友說，下一次我們空中再相會喔。外婆也會跟著說再會！再會！卻沒人為我解答、告訴我「空中」到底在哪，該如何相會呢？

空中在哪呢？直至此刻我也不知道，然而我曾短暫迷過廣播，熱情卻只維持一年左右，生理心理最為焦躁不安的一年，國中三年級，聽最多的該是九七點九的touch廣播網，以及九七點一的kiss radio，夜半ＤＪ的心情點播，情話綿綿的聽眾來函……。我沒有勇氣寫信到電臺，或者叩應進節目，更不用說唱歌，不知外婆為何敢於撥上電話與人打成一片。這是我所不認識的自己，也是我所不認識的外婆。

近幾年家中變化不可說不大，外婆早就不聽廣播，生活起居需要他人照理。問她收音機的下落，她也說得一片霧颯颯。母親週日固定回到外家，同時與我越洋視訊。有時也把外婆拉進來。不擅長使用手機的母親，不是畫面上下顛倒，就是鏡頭拉得太近，於是我只能看到外婆的額頭、下巴、鼻翼……我看到越來越少的她；而眼力不好的外婆，又看到螢幕中縮成小圖的孫子多少呢？

我持續加大音量，要她聽個清楚。不知為何就想起她的廣播故事，原來早有這麼一天，我們將在空中相會。

音聲與風土

我賃居在波士頓的公寓坐落於一個年代十分久遠的城區，環境十分宜人，公寓一房一廳，不去學校的時間，多數就待在屋內看書寫字；冬天氣候酷寒，三兩天不下樓不外出是自然的事，二十四小時留給了自己。每天每夜每分每秒，我是自己的聽眾，與過去、現在，未來，進行大量的交談。

我賃居的公寓也有一扇大窗，窗外得以看見行路植種著許多我尚未認識的樹木，初來正是嚴冬，我的夢從來不曾下過雪，時常晨醒窗外卻是白皚一片。當時臺灣在過年，每個晚上，我總會來到窗前看雪，心想降雪會有聲音嗎？

那天坐在餐桌進行晚餐，窗外一道光影，中學生的理化課：是先看到閃電還是先聽見雷聲呢？於是就聽到了波士頓的第一響春雷。

春天了。

短期研討進入第三個月，四月天正是春天，我坐在融雪而春光剔透的書屋構思著同樣尚未成篇的殘稿，附近洋房的孩子，似是約好同個時間出來透氣。公寓對街有座公園，它被高樹層層映疊，我其實不能完全看見。約莫下午三點固定出現兒童嬉鬧，我想像畫面該是搖晃的鞦韆，聲音的鐘擺。大概這裡真的太安靜了，隔著一個路口，聲音仍能抵達我的八樓公寓，我所聽到其實已是聲音的殘餘，像螢幕截圖只是一部分，卻也是故事的索引。

故事是我在臺南鄉下的新房，剛剛裝潢，住不到一個月我就離開了。也有一座偌大的窗戶，同樣在下午三點傳來孩童的嬉鬧，人車的交談，商販的兜售，真正像是中學課本的〈聲音鐘〉。年紀很小的時候，我天天獨自來到窗前，三樓平日是沒人上來的，在囤積著許多年久失修的家電舊物的空房，努力騰出得以旋身的空間，最後靜靜坐在窗邊看著生我養我的這個村野。

窗前眼底是一座座的三合院，背景則是丘陵連著丘陵，丘陵沒有名字，我曾到過山的至高之處，以為自己的眼睛便得以看得夠遠，然後在同個方向嘗試指認山下家屋的位置；窗的右方是一間重修的媽祖廟，左邊盡處是一間小學校，視線抓對了甚能看見校園的細節，也是截圖一般，那裡也有如同鐘擺的鞦韆，鎮日上面坐著不怕高不怕甩的孩童，其中一個彷彿是童年的我，而當時的我怕不怕高呢？

農曆的初一十五，廟的塔樓總是傳來暮鼓晨鐘；平日每個整點校園總是傳來鐘響，兩股聲音如此交錯在半空之中，這就是我的日常生活，我多想知道，瀰漫在我的生命的到底是一種怎樣的時間？

其實廟身重修之前，我已在這裡生活十年，記憶中的媽祖廟是沒有這種設計的，格局並不寬敞的廟身，卻能散發質樸的況味，攀爬在廟簷的彩色剪黏，我幾乎記不得它的主題，演義的歷史故事，教材一般；我記得的廟是沒有聲音的，或者安靜就是它的聲音，它是讓你傾訴的所在，在我年紀很小的時候，我時常一人走入廟殿，跪在拜墊，不知跟誰說話，心情十分靜和。

而我曾就學的那座國校，有過一間暗室，擺放各種電子儀器，其中一個開關，據說扳下去就有鐘聲響起，機械總有故障的一天，我想起一名相當疼愛我的資深老師，總是從教具室拎出一座大鼓，樂隊用的大鼓，這棟樓打到那棟樓，許多小一新生好奇地跟在他的身後。我很喜歡資深老師上的社會課，額外補充許多國校的故事，國校的故事就是我們身邊的故事，大大開啟了我對於歷史的興趣。

天色漸漸暗了，窗外孩童的話語退得更疏更遠，我想像鞦韆的擺幅漸漸微弱，間或仍有稀落的音聲傳了過來，我聽見的究竟是什麼呢？音聲帶領我看見風土，長成敘事，形成文字。這幾個月來，過去、現在與未來的我，逐次歸位，與我遇合。時間就這樣開始了。

安靜的故事

一直想要寫篇以安靜為題的文章，不知為何卻越想越不安靜，竄流在腦袋的靈感讓人無法安靜，隨意在電腦敲打的字句讓人不能安靜，安靜如何表現呢？或許書寫與安靜即是一種弔詭的存在，同樣的，這亦是它的魅力之所在。

寫作的時候你有什麼習慣？偶爾我會聽到這樣的提問，不知為何內心答案其實不太固定。寫作或者被期待是件平心靜氣的行為，而每個人都在好奇怎樣培養一種適合書寫的環境。

漸漸的，在自己有限的書寫經驗之中，也開始摸索出了理想的創作狀態：通常居家寫作，無法在外，網路找出固定的幾首純音樂當背景，沒有歌詞，如入無人之境，大概這就算安靜；後來發現不安靜也是可以寫的，幾次時間壓得特緊，手機趕緊寫下篇幅布局，借用朋友對話視窗，隨即開始無端送出異想天開的句子，對方不斷傳來困惑的表情符號，並且顯示為已讀，我邊按鍵邊覺得趣味，未完的稿件如何能夠已讀呢？想來這又是當代另個令人不解的書寫形式了。

然而我要描述的不僅是關於安靜與書寫的故事，還包括午休時間的一段回憶，它與安靜有關，也與書寫相關。

小學時代某個階段，班上秩序十分不佳，當時擔任幹部的我，時常委命管理秩序，狀況最糟通常即是午休時刻，偏鄉山區正午幾乎不聞任何聲響——好像全鄉都睡了，為此全班一旦喧鬧起來，你幾乎可以清楚分辨撞擊在校園角落的是誰的聲音。

短短五十分鐘的午休，不知為何各個精神亢奮，幾乎沒人在睡，這邊聊天，那邊遊戲，交換座位是一定要的，全班都在教室大風吹，而我唯一可以做的事情是高喊安靜！初始全班集體靜默，以為奏效了，很快又進入另波高峰，分貝更尖更高；於是我只能繼續安靜安靜地喊著，然後我的安靜很快地也融入喧鬧之中，成為噪音的一部分，有時我感覺自己好像才是最吵的人，因為我的「安靜」要努力蓋過所有聲音，場面因而顯得更加混亂了！

短短五十分鐘於我而言真是煎熬，太難受了，幾次引來鄰班導師的斥罵，甚至成為全校點名的問題班級，我們全班仍是玩得樂此不彼。記得有次索性自我放棄，趴在桌上自己睡了起來，其實根本不能睡，這時被吵到完全不能午睡的另名老師前來訓誨，而我竟自責地不敢醒過來。我聽見老師說：班長是哪位？我聽見同學說：他在假睡啦。一時之間，我又變成失責的人。

始終不知如何處理這種狀況，猜想現在還是不會。後來我被賦予登記名字的權力——記下任何一名講話的人。

起先狀況有點改善，我會假裝寫下幾個名字，其實都是隨意塗鴉，下課鐘響立刻搓揉扔到垃圾桶，反正度過一天是一天。漸漸地，似乎登記名字也嚇阻不了，只是走到這步田地，會不會是自己的縱容造成的呢？我沒有勇氣寫下任何一組名字；我也無法率然使用我的權力，身陷於同學與師長之間，我難以心平氣和寫下一字一句，寫下一字一句，用文字換取片刻安靜！握筆的我成為了最需要安靜，卻最無法安靜的人。

所以書寫與安靜的關係到底是什麼？是在關於一則小學時期的午休回憶，我遇到了聲音與文字的微妙連結。我寫下的名字真能代表不安靜？沒寫的名字才是安靜的呢？當時的我遲疑不前，不敢白紙黑字，或者怯懦，或者膽小，或者其實這是一堂創作課，而我意識到了，我正要入門。

直笛的事情

總是害怕音樂課忘記帶直笛來，這樣就慘了，慶幸的是事情從來不曾發生過，可見它已是我的貼身物件，出門前都要反覆確認的。當年老師常說，直笛不如放在學校抽屜就好，他是提醒時常忘東忘西的學生。我心想也是。然而攜帶回家有時是為了練習、有時是為了打發時間，可能也是基於愛護私人用品的心態。我不知道別人怎麼樣，在我而言上面各種狀況都是考慮在內。直笛非常寶貝。

開始直笛的課堂是在小學三年級，當時吹的是高音笛，秋天山邊的音樂教室，九歲十歲之交，我們的手指尚在發育，音樂教室的座位設計是教堂一般的長凳長椅，大家表情非常凝重，姿勢相當端莊，聽從指令將手指覆蓋笛身小孔，就怕漏氣吹錯。都是什麼呢？都是1。都是Do。都是音同兜。都是五線譜最下面一個圓圈穿過一條直線。都是十指全按密不通風。大家措手不及，左看右看。耳朵聽到的都是兜，好像也都不是兜。

我們的直笛全在合作社團購，象牙白的漆色，每支長得很像，當時還不流行姓名貼紙，找不到要在笛身哪處做記號，大概這也是我想帶回家的原因吧！記得起初還會講究衛生，按照步驟將直笛拆成三段，收納在皮革材質的黑色封套，後來就剩樂器本身。印象中是不是還有一根棍棒呢？很適合當指揮棒仙女棒，能夠拿來練習指法，主要功用是清理直笛的內面，一定也是很快就搞丟了。

不知道自己是否算是擅長直笛。然而學校生活出現新的玩意，像是長出了另一雙手與另一對耳，直笛立刻變成我的玩具，在家我喜歡帶著它在樓上樓下發出聲響。有個畫面是這樣的：山區溪邊的兩三點，日曬的村路透著南風，毫無車行也毫無人影，坐在老家不到五坪的客廳，只有天花板的吊扇與正在打呼的祖母發著聲音。我就著音樂課本，一支曲目吹過一支曲目。還沒教的隨便吹，課本也是固定帶回來的，大家都習慣放學校。我的笛聲穿牆而過，不知道為何從來沒人前來抗議太吵。我像是前來鄉村伴奏的流浪藝人，給予這個日常單調的夏天午後一種歌的刺激，背景如果是一張鄉村兒童的寫生畫作，畫作哪天靈動起來，就是一部卡通影片了。

歌單的數量還夠嗎？這個發問真正切到重點。當時幾個音樂成績突出的學生，老師尤其鼓勵我們買本公文夾，將熟悉曲目寫成簡譜，自己手作歌本，每首歌都抄得齊齊整整，可惜歌單大同小異。哪裡能有新歌？只會旋律怎麼化作歌譜？當時最紅的合唱歌曲是臺語的〈感謝你的愛〉，女歌手彭莉的歌，團康活動或者造勢場合的主打首選，紅遍全臺灣，簡譜是我拚湊出來的，大概不十分正確，只是找音的過程十分過癮，印象中〈感恩的心〉、〈世界第一等〉也是自己隔空抓音，拚拚湊湊而來。有個同學有回變出〈一簾幽夢〉的歌譜，說是讀國中的大姊友情提供，大家趕緊輪流傳抄，下課圍在課桌合練新歌。其實簡譜許多符號我們看不太懂，只是趕緊將數字謄下。1是兜。3是咪。6是拉。7是西。回家立刻當成考題吹給母親聽，她答對了，因為〈一簾幽夢〉正是連續劇的主題曲。

原來我們歌的養成如此複雜，來源極其多變，音樂教室為此無處不在，而你的直笛還留在手邊嗎？記得一個下午無歌可吹，連國歌都拿來消閒，在客廳盤腿的我吹著DoDo、MiMi、SoSo、MiRe……祖母睡得深沉。不知突然聽到的人，有沒有嚇到一秒站了起來。

這條歌路通向哪

歷史最早一張得以追溯至五、六歲的童謠錄音帶；歷史最近的一張卻是分不出來。一個人呆在老家三樓獨自面對這些那些聲音的物件，心想我能告訴你的到底是什麼？不久前老家重新裝修，大學之前買的卡帶、CD，現在文物出土般地來到我的眼前。這場景來得快得讓人措手不及，而我竟想不起來上張入手的實體唱片是什麼，太久沒買CD了；上次走進唱片行的時間呢？想到不妨試著播出手邊的其中一張，才發現連播放的音響器材也沒有。

於是坐在地上逐件擦拭，不可思議每張卡帶、CD，我都得以說出它的一點原委：什麼年紀熱衷於此？什麼地方買下它們？比如那張童謠錄音帶，之所以留了下來，得以肯定是我的最愛。A面的貼紙不知被幾歲的我撕掉了，還好倖存的B面，能夠判斷單面歌單共計十首，一張就有二十首。上面寫著演唱單位是松江兒童合唱團，曲目大多仍是廣為流傳的〈天黑黑〉、〈兩隻老虎〉、〈牽牛花〉、〈遊子吟〉；〈雙手萬能〉與〈哈巴狗〉這兩首我不會。記得那時老家客廳有臺推車式的卡拉OK點唱機，黑麻麻的一大臺，附有一支黑色麥克風。就是得以沿路賣唱，底部安裝著黑色小輪的大型機械，平常時間用一塊大絨布蓋著，當它就像客廳的擺飾，而如同音控的我天天坐在點唱機前方聽兒歌，玩弄凹凹凸凸彩色按鍵，其實點唱機除了剩下卡帶播放的功能之外，多數零件都壞掉了。這是我生命中的第一臺播音器，想起來真的很霸氣。

我就逐一擦拭、整理卡帶、CD，整整耗了大半天，最後卻不知如何分類與上架：按照時間順序嗎？誰先誰後根本搞不懂；或者按照尺寸大小，你知道後來CD的外殼都是越來越修長；女歌手的比例高過於男歌手，國語唱片則是多過臺語唱片。沒想到范曉萱的《小魔女的魔法書》居然還在。小學時期先聽大量的臺語歌，老歌與新歌都有，根源主要是連續劇主題曲，以及當時電視最受歡迎的歌唱節目《新人歌唱排行榜》，為此買了許多大旗製作的錄音卡帶；因為周遭鄰居玩伴，都喜歡聽電視卡通主題曲，我也買了幾張合輯，全部都是日文歌，不知為何覺得唱日文歌非常赧顏，覺得不是自己的聲音；國中開始聽中文流行音樂，這個從臺語到國語的變換，究竟算是斷裂還是銜接？總之突然就都聽國語歌了。也開始從卡帶買到CD，正是一九九九、二〇〇〇年的世紀之交。高中時期因為英文學習越來越密集，開始聽起西洋音樂，妄想著歌詞本就是單字本，原來連聽歌都跟升學綁在一起。

突然想到自己出生雖非富裕家庭，母親給予我的物質供給可說非常、非常豐腴，好像只要開口說要，母親不曾拒絕過我。卡帶一張一百八、CD一張三百五，我的存量算是少的，總計不到一百張，心算加乘起來的金額還是很驚人。印象中二十幾年前母親的一日工資是五百多塊。

此刻我就要一一將它們歸位、上架了，我就要找出一臺播放機器，在臺南老家讓它們就地發出自己的聲音，混著各種語言的聲音，它們是不是就會長出了地形，生出了背景。我將緩緩慢慢告訴你一個、兩個、三個關於歌與路的故事，連我自己都快要忘記的事，且讓我們一起斟酌仔啊聽。

五線譜路向前行

以前上音樂課時常在想，五線譜的盡頭到底是什麼？若是一首未竟的曲目，是否也就有未竟的圖譜，這樣的畫面應該如何想像？誰又會在歌的終端等候？可不可以擁有一首永不完結的歌呢？小時候聽過一首臺語歌曲叫做〈唱袂煞〉，當時電視節目仍有樂隊在後伴奏，歌者演唱有乾冰環繞，我竟擔心起來若真〈唱袂煞〉，現場是該如何收尾。

無意間我是觸碰到一個關於道別的問題了，如同此刻我也在思考一篇關於道別的文章，像走在通向故鄉的五線譜上，我應該歌唱也應該快樂，像從前任天堂瑪莉兄弟的闖關遊戲，就是踩著音符不斷向前行。

將要展開一段不算長也不太短的旅程，離開臺南念書十餘年的我，出發之前，特別想要回鄉短居幾天。

雖是短居，卻也是十餘年來留在鄉下最長的一段時程。短居與久留之間的距離是什麼？偶爾清晨在鄉下房間醒來，心底覺得不太踏實。我害怕發現與被發現只是回來看看而已；或者內心我業已打算回到養我育我的舊居，只是我也害怕發現與被發現這樣的勇氣。那麼姑且算是一段準備期。

生命暫時懸宕起來，好久沒有這樣一段清閒的日子，每個週四，老家前面產業道路擺起長達五百公尺流動夜市，次次看似無目的走入夜市，才發現其實是有目標的。我仍習慣直接抵達夜市中段的唱片攤位，在有限的光線照明之中，看著今天又有什麼新的唱片來了，這是小時候星期四晚上固定會做的事，我的身體居然幫我記得。

如今攤位規模已經精簡許多了，印象中從左到右排開是ＣＤ、國語卡帶、臺語卡帶、電視動畫卡帶，更右邊一點沒有印象，更早年一點可能有錄影帶。CD主要是西洋東洋專輯，一小區塊是國語專輯。現在幾乎沒有分類了，來的人少掉大半。流行音樂的起落變化竟從一鄉村夜市的唱片攤位看起。必須說這裡賣的都是正版的，那是新世紀即將來臨之際，不分年齡在鄉下聽歌的人非常多，全盛時期擠不進去，我的年紀小身形小，可以鑽到第一排，卡帶齊齊整整塞在木製方格，哪張被買走位置立刻就空出來。老闆也會自備一組音響，忙著交易也忙著當DJ，在喧鬧市聲之中放的都是臺語歌，像是一種全民集體的試聽。

我通常六點半就來報到，一個晚上來逛三四趟，人生一半以上的卡帶、CD都在這裡買，老闆貨車有許多明星海報，海報也是正版的，時常可以免費索取，這也是我們熱愛報到的原因。這裡可以預購，可以訂貨。我的注意力以小學為分界線：之前都在臺語唱片，之後都是國語唱片，現在則是不分。再說我也很久沒有前來交關了。

所以現在總是待一下子，有時只是路過看看，就意外看到小學時期的自己，拿著兩張百元鈔票來買卡帶，將卡帶塞在右邊口袋，直直穿越兩邊盡是攤販的夜市街路，這是我的五線譜路；也看到開始追星的自己，高中時期的痘痘臉，帶著一張周杰倫與一張五月天，還有一張孫燕姿，回家躲到哥哥擁有高級音響的房間，小心翼翼將唱片拆封，小心翼翼將唱碟放入轉盤，拿著詞本如同聖詩般跟著念唱；我不斷看到不同時期的自己，遇見不同時期的歌手，紅透半邊天的金曲國歌，這些那些故事，不可思議就從一個鄉村夜市的唱片攤位講起。

不知久留或是短居的日子，過去層層疊疊來到我的眼前，而眼前看似一片茫然，到底在等什麼呢？

五線譜路既長且寬，尚不知終點何在，至少我應該快樂，我曾經高歌。

從小寫起的故事

愛文——

一直算不準大內國小到底幾道出口，只記得下午四點半大操場的降旗典禮，全校孩童集合的畫面。我記得整隊方式並非依照年級班別，而是根據到校方式加以分類；也就不像升旗時間，老師全不在場，校舍窗格封住，只剩司令臺的導護先生。

我常想起這個暫時形成的鏡頭，那也是我記憶校園日子的徑路：徒步的、單車的、客運的、家長接送的各種隊形。我們以丘陵地當背景，自場中央向東南西北疏開。

我是徒步的，徒步的是最後一支離開校園的隊伍，我們被指示往東邊側門走去，那裡有座緊鄰學區形成的舊聚落，其中一排頂樓加蓋的樓厝住著尚未生病的我。

而我也是徒步隊伍的最後一個，總能趕上聽到最後一記鐘聲打在日暮無人的校地，為此慌得不知所措。五點十分。這是上課鐘還是下課鐘呢。

形式——學生書桌的故事

學生書桌漸漸變成置物處，桌面堆著一家七口的衣物，書架則變成藥物櫃，瓶瓶罐罐擺滿胃散、健康食品、普拿疼，拆封的膏藥布；書只剩幾本，應該是《教育部指定學生國語字典》、《英漢雙解活用詞典》、《小畫家入門》等工具書，以及從前兒童節贈送的保溫杯，一點點餘額的存錢筒，那裡像記憶龐貝古城，每次回家總讓人失神留步，每件品物都適合翻翻看看，但也僅適合翻翻看看。離家十年，母親至今還會說：你書桌暫時借我放一下東西——她記著我是書桌永遠的主人，同時也意味家裡空間正在縮減，奇怪家裡少住了我一人，不是應該更加寬闊。為什麼房子越住越小。

民國八十六年的暑假，小學五年級，母親在鎮上家具行為我買下一張多功能書桌，要價兩千五，主要是當時鄰居小孩開始擁有個人書桌，晚上再不能和我在騎樓後院野放，聽說都乖乖坐在書桌前，而我仍與大哥共用一張，不、是和母親三人共用，書桌總被母親拿來做電繡手工。

終於擁有個人書桌，我的成績沒有變好、沒有更愛念書，書桌無疑只是為了滿足對於模範學生的想像，然不再鎮日戶外廝混、跑得不見人影卻是真的。我常一人關在房間，最常做的事就是整理書桌，我喜歡撤下所有書物再重新排序與上架，那時沒有分類概念，區別方式就是開本大小，家裡藏書其實不多，記得連相本也開架擺在上頭，就擺在《漢聲小百科》旁邊。

學生書桌最吸引我的是小白板、小板擦、白板筆，跟學校教室黑板一樣，我習慣寫下中華民國八十六年某月某日，星期與天氣，白板就是我的日記。

買書桌並不為難母親，問題是空間真的有限。當時我們一家四口擠在五坪房間，一大床一衣櫃、加上兩張學生書桌，開門就是床，爬過床面才能坐到桌前，椅子根本不能移動，偏偏我又是坐不住的孩子。

坐不住的問題困擾我很多年，現在寫稿通常十多分鐘我就得起身，一度以為是情緒炙熱，需要冷卻；或者暫時離座，才好梳理思路句法，經母親提醒去看診，才知根本是從小姿勢不良，脊椎有問題。

前陣子母親電話通知我老家要重新裝潢，苦惱著學生書桌不知該擺到哪裡？驚覺我對老家空間的分配失去概念，尚停在十年前，聽出母親話中有話，於是直接建議她把書桌撤離回收吧，並同時感覺兩人都鬆了好大一口氣。

身體——小大人

既然叫小大人，那就不能太大，個子約莫一百三十多公分，三十幾公斤，於我就是國小三四年的歲數；叫小大人也不能太小，所以身與心都得模仿做大人，因是需要學習，當然不會太標準，不大不小、要大不小，剛好正是我十歲的樣子。

民國八十五六年，升上四年級，教室從一升至二樓，感覺知識、視野也更上一層樓，當時教育我們一到三年級的資深導師回頭去帶一年級，接手的年輕女導師剛報到，比我們還資淺，她每天在適應新學校，我們則在適應新教法。

除了適應新教法，四年級學習媒介的變化其實很大，比如國語作業簿的顏色從草綠色變成紅龜色，價格變貴，綠的一本五塊，紅的貴一點，我想到班上以前有些同學沒錢買作業簿，老師會免費送一本；作業簿的內容則從十二格增至十六格，最重要的是方格的長寬變窄，間接影響我們對字的感受，記得課本教到詹天佑蓋鐵路的故事，其中一個生字應該是「鑿」，鑿字的體型看來很嚇人，筆順不容易記，要把鑿字硬塞在方格更是困難：壓線、溢出、一個字擠過一個字，最後一格常只容得下鑿的上半身，下半身的「金」字同學乾脆不寫，也有把金字挪抬到另一行的作法，這畫面我印象很深，像當時發育比較快的男同學，穿著過小過短的運動服褲，為此有同學買了零點三八鋼珠筆，才把鑿寫得纖細、置中又端正。

四年級最迷人的變化是可以用藍筆寫作業，用藍筆才像大人，我從沒看過父母親用鉛筆寫字：簽名、記帳、掛號、謄表都是藍筆，有了藍筆就需要立可白，比較文雅的說法是修正液，我買的立可白很便宜，味道刺鼻又不容易乾，粗的筆頭不小心壓太多，所以得避免寫錯字，我同學一整行寫錯，整面簿字像上了層白漆，聞太久其實頭會暈呢。後來出現立可帶，差不多也是四年級，立可帶也叫修正帶，它不比立可白霸道，立可白是將錯誤整片抹去，立可帶只是覆蓋，我好像從來沒有成功使用過它，不是按壓角度太歪，就是寫字太大力，把那層白皮硬生刻破，原先的錯字又跑出來，看著那枚錯字好端端躺著，其實有點尷尬，像做壞事的學生被抓包，修正帶與修正液的差別在哪裡？是要你學習懂得記住錯誤、同時看見自己吧！

那時覺得用筆袋也比用鉛筆盒來得成熟，有個女同學的筆袋超大一包，像女明星化妝包，裡面除了基本配備，還有美工刀、剪刀，以及一枝紅色彩色筆，注意！這是她的紅筆，我們交換考卷都很怕被她改到，整張畫得紅記記像春聯，人家後來可是讀美術班；也有個同學筆袋超瘦，只放紅筆、藍筆、自動鉛筆，太少了吧！他的尺是我覺得很難用的鐵尺，剩下半截的蜻蜓牌橡皮擦，以及尖頭的立可白，他的零用錢也都藏在筆袋，把筆袋當成小錢包，做起事一絲不苟，不拖泥帶水，後來大學念的是警察學校。

為了像個大人，四年級的我們做了很多事：單肩書包也比雙肩書包更像高年級生；有些同學四年級就開始在寫畢業紀念冊，太早了！開始只帶衛生紙不帶手帕；學期初發下的課本也不急著包書套，覺得累贅；書包只放當天課表有的本子，不再傻呼呼將整個抽屜扛回家……

印象中四年級許多同學都變了，我的學習方式也有變，我沒有換筆袋，卻改用原子筆，越來越愛模仿大人寫字，寫得又快又草，字跡瓜藤般牽牽絆絆黏一塊，黏到難以辨識，連我自己都看不懂，注音符號糊成一片，輕聲的黑點只輕輕一撇，像個頓號，讓人以為是四聲，常被老師訂正；也是那時我學會說髒話，很粗的髒話，注意力也不夠專心，邊走邊吃，上課愛講話，壞習慣通通學了起來。我相信字變人就變，有個同學寫字歪歪的，走路更歪；有個同學寫字像現在電腦文書系統的娃娃體，他長得胖胖的，我忘記自己如何改掉學大人寫字的習慣，那時也沒意識到大人的字可能才像小學生，再說什麼又是大人的字呢？

知識——一個人的國文課

一直覺得國文課仍在進行，學分尚未修畢，中學六年的基礎學習，大學又念中文系，僅有的家教經驗是高三國文；我修過教育學程，擁有一半國文老師的身分，現在有機會與學生分享一點心得也在國文教室，我最美好的學習經驗都與國文相關，最挫敗的學習經驗也跟國文有關。

二十世紀最後一年，我從臺南縣一座山村小學畢業，秋天，放棄本地國中，父親安排我進入一所外地名校，就此展開日後長達六年的通勤生涯。在那幾乎雲集臺南境內多數縣長獎、資優生的校園，對從小像隻放山雞的我來說不啻是挑戰。我國中一年級，當時的學籍資料載著一百四十三公分，連發育也不如他人，鎮日我揹著沉甸甸書包，在霧中搭乘清晨六點的校車離開大內；那年秋天也發生許多事：九二一大地震、曾祖母過世，一個大家族終究散了！身邊的人不斷消失，而好勝的我始終不敢向母親求援，夜裡躲在房間掉淚：同儕競爭、考試壓力、獨自一人離家的孤苦，國一那年我真的過得很辛苦。

讓我找回成就感的科目是國文，我把所有時間拿來念國文，自習課都看國文。為什麼是國文？可能小學我的作文成績不錯，加上參加無數字音字形、演說朗讀比賽，比較有信心。我逐漸在國文課上消除適應不良相關問題，人也快樂不少。

那時我們上課教材是參考書，太方便了！學習重點、補充材料編者都彙整好，國編館那只有課文、解釋的課本立刻被比下來；那時我不多話，老師很少點名發言，每次上課我就一人默默把什麼段落大意、課文題解、生難字詞一字不漏謄到課文旁邊，然參考書課文版面實在太擠，行與行的間距只容得下一隻螞蟻，課文又早已標註許多案文符號比如①、②，我的筆袋為此備有十二色百樂極細原子筆以便寫比螞蟻更小的字、區分各種重點，時常一課筆記做完，麻麻密密根本找不到課文在哪，這讓我對課文的記憶十分薄弱，尤其是白話文，少數有印象的文章是陳黎的〈聲音鐘〉、古蒙仁〈吃冰的滋味〉、吳晟的〈不驚田水冷霜霜〉，都是臺灣文學。我的學習過於考試取向，不在乎鑑賞、分析文本的能力，後來國文考試常輸在閱讀測驗，可能源於我沒養成細讀課文的習慣。

那時電腦也漸普遍，網路雖只是撥接，但上網已是許多學生放課的休閒，它對國文學習影響頗大，比方自從我知道上網能抓到一部《唐詩三百首》，此後舉凡課文是古文，全文我都從網路download，再貼到word重新排版設計，文章行距特別寬，最後印出來當另一個底本。主要是文言文筆記常是白話文三倍，老師的講授也比較豐富，其中絕句選、律詩選課外補充最多，版面空間留得最大，因寫完白話翻譯，還得標註平上去入、虛詞分析、修辭技巧……。天啊！其實我不是在做筆記，而是在編講義，後來還會設計考卷，自己出題，國文課像在弄手工藝。我的同學阿汶翻著我的筆記，發出讚嘆眼光，還跑到福利社copy；也有反遭冷水伺候說：「寫這麼多，真的會考嗎？」還有人笑我太少女，說只有女生才這樣做筆記。

那也是一綱多本的年代，而我住在有錢也沒書可買的山村，看到同學除了指定自修，也添購許多「看起來會考」的版本，偷偷記在心裡，回家央求父親開車載我到善化鎮上的書局選購。我念私校學費開銷很大，買參考書的花費也不少，後來朋友變多，才比較會交流分享私下買的讀物。我們班都是歪嘴雞，就像網拍買久了知道哪家題目多、哪家解釋清楚、哪家編得粗糙，買參考書特別挑剔，記得那時最紅的是《麻辣試題》、《命題焦點》。我們也喜歡進教師辦公室，只因那處根本是參考書的圖書館，卻沒有勇氣開口借閱，不然能省下更多書籍費。

這樣的學習經驗，造就一個自得其樂的國中生，一個人的國文課。三年累積的六本國文參考書，我都不捨得丟，連考卷也存留下來，只因上頭都是我的心血哪！國中念國文的持續與專注像在寫論文，日後在我求學途中幫了不少忙，我發現自己善於蒐集、彙整資料，抓出輪廓，理出脈絡。然埋頭苦念也產生不少問題，比方忘記大量的筆記抄寫過後，反芻消化才是最重要的，最近翻出當年的參考書，大多是沒有方向的筆記，也就是不會抓重點的意思；或者過於仰賴別人說法，失去自己的見解，這些能力都須等到高中才慢慢習得。

實踐——回家作業

我算不算是個自動自發的孩子？那日突然想起小學時期的回家作業，想起生字簿、國語習作、數學習作……畫面有時是日正當中的老家客廳，我可以一邊看電視一邊寫作業，並不影響我的專注力；畫面有時是我的房間，學生書桌前端正坐著一個認真作業的我，而手提收音機流出的歌聲成為我的背景音樂。演什麼唱什麼其實都忘記了，倒是發現：原來當時我是個得以在各種環境，就能瞬間靜下心來、持續專注自己功課的小學生。

我算不算是個自得其樂的孩子呢？答案肯定是。從小父母都是全職工作，中午回家直至傍晚，四五個小時全是我的——通常那是讀半天的星期三。有時祖母邀我一同上田，不去的時候我就獨自守著整棟樓厝，乖乖地寫著我的回家作業。印象中父母親幾乎沒有過一句話，是在提醒著我作業寫完了沒。唯一有過的囑咐就是不能隨便趴趴走——那是祖母每次出門前一定交代的句子。我也真的聽了。自我放養的範圍就在住家四周，遠不過媽祖廟、菜市場，主要就是在客廳看著電視寫回家功課。

功課其實不算多，專心寫大概下午一點半，我就宣告結案了！為了打發漫長的小鎮午後，有時我會故意寫得特慢，我一直都是用鉛筆寫字，很少使用自動鉛筆，因為謠言自動鉛筆寫得比較快！寫太快就沒事做，所以有時老師沒有發派功課，反倒覺得日子不夠踏實，甚至心中偷偷希望多派一點。其中我最喜歡的是國語作業，寫完生字寫圈詞，寫完圈詞寫習作，最後從頭到尾檢查一遍，才算是大功告成。

有時我也邀請同學一同來我家寫作業，如同一家之主的我，像在私宅舉行小型作業派對，每次我都會認真規劃場布：一張摺疊方桌不夠，只好再跟鄰居搬張摺疊方桌，陣仗從客廳一路擺到騎樓，盛況最好來過五六個同學！當時全班人數不過二十五左右。我曾是大方邀請同學來到家裡的小學生？原來我曾是如此熱情好客。家中宛如小鎮交誼廳，電視機想必還是開著，彼此陪著彼此度過鄉村午後的作業時間。

當時同學時常流傳哪個老師作業量最驚人：比如一個週末抄完全冊課文，整個假日都在寫；不然就是放連假一個字都沒派，大家聽得都覺得不可思議；偶爾幾次看到隔壁班的作業本子，我總是喜歡觀察每個老師的批閱方式。我遇過的老師，最低等第就是給到乙，看到丙已經很稀罕，倒是沒看過丁。有個老師的甲上，超級豪邁，幾乎占滿整個版面，印象中她就是非常威嚴的老師，給予的讚美為此也是最氣派。至今我還會模仿我的老師的筆跡，她寫的甲比較幼秀。她是個很優雅的老師，給我的國字評價都是甲上。

然而更多時候，盡是我一個人的作業時間。回家之後我不喜歡換上居家衣服，仍然穿著學校服裝。日正當中，我也會穿著拖鞋跑到附近的便利商店，為自己挑選一瓶得以陪我度過作業時光的飲品，通常是黑松沙士或者奧利多，像是犒賞自己如此獨立，然後自得其樂跑回家；接著放在檯燈下面，電風扇開著，感覺也是有點風雅了。我的同學，常常作業寫一半，就被叫回家睡午覺、去上補習班；而我持續專注地寫著作業——媽媽四點才會下班，爸爸五點。我一筆一捺，必須寫得很慢，寫得仔仔細細，整整齊齊。

視界——二十二歲的老壁櫥

關於書櫃：知識分類、閱讀養成、品味問題等，第一時間我想到的是老家的壁櫥。

老家屋齡已逾四十，再住下去就是古蹟了，近年家裡人口變少，空間多了出來，老屋漸漸還原成本來的樣子。我也才留意到這建物其實大有學問，偶爾南下回家小住，在屋內屋外像蜜蜂嗡嗡嗡：這燈飾、這地磚、這鋁門窗，靈感像暴漲曾文溪水向我撲來，而我浸入老屋的心，同時溯想屋主的身影，層層疊疊，讓意象變得飽滿，讓裝潢變成敘事，就足以開心徘徊一個下午。原來我住在前人的用心與巧思之中，經驗著一個時代的美感卻不自知。

如今等在我眼前的是一面老壁櫥。據說當年蓋房流行在牆上鑿個空洞，我家上上下下就有三面，猜想最初設計的美意是拿來擺飾一些物什，足以見人的，外婆家的壁櫥展示對稱成雙的洋酒，兩仙大同寶寶，母親少女時期撿回的貝殼，為了防止灰塵於是加上兩片玻璃。我以前踏進別人的厝宅，最喜歡偷偷觀察壁櫥仔，這裡布置著一家日常生活的心靈語言，形式的也是內容的，觀察壁櫥像登入windows，為此你才能進入一家的作業系統。我最常看到堆疊的藥罐藥包、各式證件照與水電繳款單、牽牽拖拖的手機線路、手電筒或螺絲起子，玻璃門的窗溝都年久卡損……因本來就不是設計成置物用，於是姿勢橫的立的歪的躺的也就不太好看——凌亂有時候是被決定的。我家上述提到的東西壁櫥全擺了，就是不曾有過半本書。

我住的山區沒有書店，從小家中最常見的讀物是參考書，然後是報紙、農民曆、電話簿、考試卷……圖書資源相當貧乏，大學畢業車了幾箱回家囤放，幾箱跟我北上，記不得留在臺南的到底剩下什麼？現在我試著將它一一上架，老家有的盡可能擺上去，像按了重新整理。

比如字典是國小畢業典禮贈的，我念的班級只有二十四人，獎項三十多個，所以通通都有獎，因要升國中都送英漢字典，我最愛《朗文英漢活用雙解》那本，我把它單獨擱在另一邊。有個同學獲得「漢英字典」引來圍觀，當時我不知漢英英漢差別在哪，一如我不知翻譯之於寫作的重要性。

比如被我細細保藏，還穿上書套的國文參考書，國中六冊一概列入珍品。我中學時代喜歡自己設計考卷、製作教材，從「引起動機」到「延伸閱讀」全都掌握在腦袋。基本上參考書就是不斷拆解知識又不斷重組知識，然後作為讀者的我又在其中闢出一條思路，自己的講義自己編，後來我就想寫一本像參考書的作品，現在還在想。

有幾本大學時代修習教育學程買的自修，絕對不會送人，大概這是最初的理想職業，也可能我小學六年換過六個導師，當學生至今二十多年，經過的老師一百多個，這是用生命換來的受教經驗，所以我一直很喜歡班級經營四個字，對於教材教法興趣甚深，這些書好好擺著，我相信很快會遇到它。

老壁櫥還有孫燕姿唱片全集，綠背那張是神專輯《我要的幸福》、幼稚園看的卡通錄放影帶，有一卷亂入叫「操童乩」是我和大哥的最愛、曾祖母的獨照是原本就留在架上的、媽媽送給我的沙漏，那年她和父親放下我去花東旅遊、以及總是印量過多的文學獎作品集、大富翁遊臺灣遊中國遊世界、啊《職棒年鑑》竟是一九九三年了。

歡迎來到我的windows，這些那些都是我二十二歲前的樣子，當然也是我此時此刻的樣子。

文體——念歌

我的高中國文課與網際網路密不可分；與流行音樂密不可分；與抄寫歌詞更不可分。

抄的最多的是五月天和孫燕姿，通常抄在計算紙，講究一點才用活頁紙（這名字多可愛），然後壓在桌墊當成心情註腳。桌墊下很熱鬧：日課表、行事曆、用過的吸油面紙，孔廟求來的祈福紙，最重要的就是歌詞。我桌墊下的歌都很勵志：〈倔強〉、〈逃亡〉、〈我要的幸福〉，這風氣在當時的學生圈很興盛，最常在同學的桌墊下看到〈K歌之王〉、〈倒帶〉。

我的班導教的是數學，但在強調語文教育與課外閱讀的時代氛圍，她就規定全班每天寫日記了。單調重複的高中生活有什麼可寫？於是我就大量抄寫歌詞應付，老師也不反對，結果大家跟風一起來。像初學九九乘法表或注音符號，不僅會念，也要會寫，最好把「念」和「寫」合而為一，永遠記在腦袋。我覺得它是另一種國文課的延伸，自己手作的補充教材，心情沮喪我會低頭念一段「當我和世界不一樣，那就讓我不一樣，堅持對我來說就是以剛克剛」；或者「我還不清楚怎樣的速度，符合這世界變化的腳步」；我覺得它也是我識字寫作的一個起點，從歌詞到創作，從音樂到結構，聲音的、複沓的、口語化的，庶民性的。

當時我最欣賞李宗盛的歌詞，他幫莫文蔚寫的〈陰天〉、〈十二樓〉，給張艾嘉的〈愛的代價〉、〈因為寂寞〉，他自己的〈鬼迷心竅〉，以及張曼娟替張清芳寫的〈深邃與甜蜜〉都深深震撼著我。奇怪的是我從沒有抄過臺語歌，這又是為什麼？臺語歌是我的最愛，作夢都在唱〈真心換絕情〉與〈啞巴情歌〉，唱得最多也是臺語歌。高中時期大概我就碰到表記用字的問題了，我一邊狂抄國語歌詞，一邊狂唱臺語歌，如此雙聲道的轉換操作，像電視遙控器的雙語按鍵，後來我發現自己講話也是這樣切來切去的。

抄多了歌詞，遂也有創作的慾望。我寫過許多像數來寶也像Rap的歌詞，就是沒寫過一首詩，或者以為數來寶Rap也是詩。記得先是手寫，然後再到word打字、編輯、分行，潑到剛成立的奇摩家族，潑上去有時格式會跑掉，每天放學我就關在房間忙著織編版面，倉皇茫然的高中歲月，原來我曾想當一名寫詞的人。

不久前讀陳培豐老師的《想像與界限》，他提到一九三〇年代流行於臺灣民間的歌仔冊具備聽歌識字的功能，我想到高中時期桌墊下的流行歌詞，我的好友瑪麗亞甚至有一本全手抄的記事本，時常上下課捧著歌本念念唱唱，這畫面讓我印象甚深，大概這就是現代版的歌仔冊。抄寫歌詞是我中學時期文字習作的一個過程，從一個單詞、一個句型、一個段落、一篇文章的完成，以後多少影響了我想像自我、觀看世界的方式。

轉身——
花的詢問

如果花詢成人長大，他將擁有一個怎樣的人生？花詢在影集當中出場次數不多，卻每每牽動我的心緒，或者他與小說原著密切連結的關係，也可能你我心中都住過一個花詢——

記得花甲阿瑋隨著四叔坐上繁星五號，行星一般繞著鄉村社區展開報喪之路，花詢形貌初次輾轉從花甲口中說出：一個從小就過世的堂弟。而在校車同學會上，花明來到花詢喪命現場，一句阿詢上車，則讓花詢死亡焦點從四叔自身一家，漣漪般擴散到了整個鄭家上下。原來這是四叔的心事，也是大家的心事。

我們其實都在年歲相當稚嫩之際，多或少就經歷了死生的課題，然而花詢的問題更在，那是一個早夭的孩童，於你我仍急速發育的少年階段，一句話都沒道別就消失的幼小生命——他們沒有長大。

孩童如何面臨孩童的死亡呢？到現在仍記得一九九三年夏天得知堂哥意外，消息是在中午時間抵達臺南老家，整排樓仔厝其實都是自己親戚，其中一戶在給人開車，立刻義務成了司機。印象中家中所有老輩都趕去了，阿嬤、嬸婆以及當時不知孫兒其實早已亡命的伯公伯婆，一車子加起來三百歲的老大人，慌慌亂亂要去看一個十二歲不到的小男兒。而我奉命留在山村獨自守著這個謎似的祕密，全身顫抖坐在客廳，不敢告訴任何意圖前來探聽的鄰人。

家裡當時掛滿許多堂哥送我的布偶，每隻吸盤我都使盡力氣，逐一附著在我的床頭，他是夾娃娃機的高手，事發之後所有布偶母親都將他取下，至今我仍不知他們下落。我記得有隻長得很像堂哥，事發期間我在家不停重複這句話，這句話最後被阿嬤拿去當成安慰大家，聽到的人都輕輕地笑了。這是二十年前的事。

二十年來這支早逝隊伍不斷整編拉長：病故的，車禍的，戲水的，無來由的……而我是否曾經就要走進這支隊伍？比如小學二年級從美容院狂奔回家的路上，與一臺從窄巷速度不快的機車迎面撞上，真的是迎面，不知為何毫髮無傷，我還跑得更快；或者小學三年級在奮起湖走山路，自得其樂走太快，前後無人，一時腳底打滑，抓不到護欄繩索，差點滾落山谷，卻沒有告訴任何人……原來我們都是好不容易才活到了現在。

我想像花詢過世，得以參與他的喪禮的，恐怕只是他的同輩手足，也就是花甲花慧，花明花亮，他們經歷怎樣的一個童年呢？那又是一場怎樣的小喪禮？花詢是大家共同擁有的一個堂弟，想必也曾嬉鬧在鄭家祖厝院埕，是四叔四嬸唯一的孩子，他會是手足間最能念書的嗎？

影集中花詢出事的那場放課戲碼，後來我們也才知道，差一點點他就活下來了——獨自走在馬路的他，短暫與接送花甲花慧的阿嬤相逢。阿嬤的臺灣國語：阿詢你為什麼在這裡啊？這句話是不是阿嬤最後跟花詢說的話？可以想像放學時間，就讀同所學校但分屬不同年級的花字輩，各自被家長接走了，校門口於阿嬤而言，到處都是阿嬤的子子孫孫，放學時間就是家族時間：猜測花明花亮被任職農會的母親接走了，花詢該是與父母一同坐轎車上下課的，而阿嬤負責接送的是平日照養的花甲花慧。花甲懊悔那日沒有堅持四貼，沒有堅持的也許還包括阿嬤與花慧，花詢也是阿嬤的金孫，這個遺憾相當深刻，它緊緊揪住了我。

實則花詢的故事在劇中先是從繁星五號的報喪之路講起，然後才是雅婷突然動念的同學會，一行人浩浩蕩蕩坐上四叔的校車，陪他完成一趟又一趟的尋子之路，然而失散的豈止是父子，更是四叔自身與自身的距離，正隨時間流逝而不停擴大，而日日重複走上的村路與臨停的站別，成為了自我救贖的一體兩面：他是要繼續這種狀態呢？還是逸離這條軌跡另闢路線，海邊的水戲為此留給我們更多揣想空間。

陰錯陽差地我也成為了車上一員，化身花甲花明的同學，共同守著花詢的祕密。去年冬天回到大度山，這片大學時期我就極熟悉的紅土地，不曾想過有天我會因著自己作品回到這裡。〈繁星五號〉其實也是在紅土地完成的，當時住在東海別墅三弄底的小宿舍，舊屋重新裝潢的學生套房，價格當時算是偏貴，我開始寫作，多夢睡得不好，一邊專注閱讀，同時遊魂般天天繞著大度山騎車晃蕩。為什麼會有這篇小說已經記不得，然而多年來大量仰賴交通工具，生活總在移動之中卻是可以肯定的。無論是幼年時期的興南客運，或者中學六年的通勤生活，大學生涯的綠色統聯……我想起小時候一有遊覽車出入村莊，總會引起騷動的，它象徵著某趟等待前往的旅程，而我是不是好想逃離山村呢？特別是中學時期，日日搭乘外包的遊覽車從大內出發、歸返，整整六年……不同的路線述說著不同的臺南故事，到現在我也清楚記得校車上你我少年時期的長相，同時也就想起臺南清晨日暮的長相。

只是再次坐上校車，我們都已不是青少年了。記得拍攝當日，親睹繁星五號出現我的眼前，簡直不敢相信：我該如何面對這輛被我創造出來的虛擬校車，刻正它經由專業規劃，實體活跳出現在我的眼前；不敢相信還包括我要與它一同向前，穿越在小說、戲劇、人生之間，也就無法判斷當下置身的這個時間與這個空間——印象中呆坐在校車上，內心問了自己一個問題：這也許只是一場戲，但我將被載去什麼地方呢？

沒有要去什麼地方，只是收工最後很幽默地順道送我到烏日坐高鐵，這是戲外的插曲，聽說明天一早它就會回到服務的學校，開始一路又一路接送孩童上下學。記得在車站目送校車駛離，體會到寫作為何如此神奇，這趟只為我私闢的特殊路線，到底是怎麼一回事呢？或者校車也並非僅是帶我來坐高鐵，這躺車途早在多年前離開大內便已展開，它已帶我繞了好大一圈：從臺南走到了大度山，又走到了臺北，如今它從臺北折返回大度山，最後又帶我回到原生的故鄉大內。繁星五號是不是常隨我的左右呢？它像是一則隱喻，它是我的祕密武器，始終在我身側，而車上靜靜坐著來不及長大的花詢。

車與花詢都要我勇敢向前，頭也不回去一個不知遠不知深不知黑的所在，一個有光有花的所在。

山路中——兒子視角與行車敘事

1

二〇一七年一月十一日下午三點二十五分，父親又騎車載我行在前往大西仔尾的山路。

老山路十多年沒走，單獨一人我也不敢來，那日央請父親騎車陪我入山，心情十分顛忐，我在此路遇過許多長相奇特的大蛇，因為驚嚇過度高聲尖叫，至今仍然不知牠們名字；貝公更在此山出過兩次車禍——這路寬度只許一臺貨車，救護車當時又是怎麼迴轉的呢？爬高落低的神祕路線，因著附近果園相當密集，可謂作物主要分布區域之一，平日仍有不少車輛出入。

實則我們父子出發之前的兩個星期，大哥才在曾文溪邊的活動中心完成一場冬天的婚禮，許久未見的親戚紛紛歸來；再過兩個星期，我也要起身前往美東進行研究計畫，將近一年不在臺北。一家人的心情是轉折中有轉折，如同山路是彎曲中更彎曲。這個成員固定的藍領迷你家庭喜事連連，有人剛要加入，有人剛要離開，跨年煙火結束，成為了當日山路行車的背景故事。

此刻重看這些照片，幾乎都在行進之間隨意拍下，完全沒有構圖，一年半以後的長度，再回故鄉臺南，自身生涯或者家族色調都起了天翻地覆的變化。我該如何閱讀當日午後匆匆拍下的畫面呢？用現在的話形容就是兒子的視線，兒子的截圖。而我手上的數位相機像是一種行車紀錄。

這條年代久遠的山路於我如同生命的路考，可以讓人想起許多事情，不如就讓父親陪著我重新走它一遍，走它過去的十年二十年，走到以後路上再無人煙，親友全部故去，新的花樹與新的鳥禽互不相識，我也幾乎不識自己。

先祖的魂魄與我將在彎路斜角遇合，一絲日光靜停一粒黑斑金煌芒果。我知道自己身在何處嗎？當然知道。故鄉無名的丘陵我會將它放在心中，一路上的綠顏色也永遠在我心中，明天，我又是自己生命的新人。

2

大學畢業之後，摩托車運回了臺南，從二〇〇九年至此刻為止，這臺小紅都是父親在鄉村工作時的代步工具。

少年愛騎的ＲＳ機車成了另類農用機車，它是父親上山下海的得意助手。幾次回家發現輪

胎沒了胎紋，神經兮兮牽去幫他換輪，換輪錢又不多，這是舉手可以做到的事，也是少數我幫得上忙的地方，再說平日出出入入都是險路，需要耐操的好輪，連人帶車都要一路平安。

我就坐在這臺舊車後座，眼前這個斜度頗為刁鑽的爬坡，平日若是單車我是一定下來用牽的，爬坡在地長輩都喊它是打鐵坡，彷彿從前這裡是有打鐵行業營生，夢中我會遇到一個打鐵赤膊的工人；上了斜坡會有一間超迷你萬善堂，不只一次聽聞父親說起庄頭廟的眾神明，深夜聚眾在此訓練護守鄉里的萬千兵馬，聽故事的我內心感覺生養的土地是被守衛被看戍，遂能讓大內的孩童順利無恙地長大。此路兩側植種的是土芒果，想像千萬馬奔騰在芒果林內的場景，我們小故鄉也有它的大場面。

或者聽說祖父草草下葬的傍晚，大體多日才被尋獲早已發出異味，扛棺工人一度棄守棺木，落荒而逃，讓當時八歲的大姑，五歲的父親不知如何面對，幼小心靈為此受到極大傷害。那個眾人掩鼻而走的現場，方向大概就是這面不知度數多少的斜坡。

3

以為要直攻大西仔尾，沒料到父親卻先拐來購買酪梨種苗，可以說是此路第一個驚喜。看顧農場的婦人還問起剛完成的婚禮，一邊向父親恭喜，一邊說下一個就是我了。我笑而不答，置身大馬路邊的種苗農場，我的眼珠色澤光亮如同龍眼籽，太不可思議了——數以千計的酪梨幼苗密密麻麻，它們彷彿正在交頭接耳，分享即將落到哪戶人家的名山寶地，同時祝福著彼此都能遇到好天氣，未來不能輸給風和雨。

父親是來預訂苗栽，品種繁複的酪梨種苗，很慚愧一種我都不識得，只有記憶以來每年暑假，家中酪梨盛產，到處堆滿正在由綠翻黑的酪梨，它的名字也很多種：酪梨，幸福果，長的，圓的，中生的，臺語發音的漏來……意味著它還在被認識被描述，大家爭先恐後地替它命名，就像剛到臺灣的朋友。我最喜歡喊它阿姆卡洛。感覺很像酪梨是洛克人的同夥，或者南美小說的人物。我也喜歡聽祖母念著阿姆卡洛，同時我在家埋首寫著小學美語作業，感覺祖孫距離並不生遠。

祖母也喜愛收集酪梨籽，一粒將近十塊，這是民國八十年代的行情，一袋袋的酪梨籽放在後院花圃，還有人會偷哩！父親倒是沒在蒐集酪梨籽，卻留了一粒在家當成掌型盆景，安安穩穩地立在壁櫥，看起來就像是什麼開運好物。然而無關開運與否，酪梨確實是我們家的吉祥物，我未來要為它寫下更多的故事。

4

入山了。多少年來，我在路的這端看著路的那端失神。這樣看了十幾年都不曾轉進去，為此知道自己其實是個膽子不夠大粒的人。我到底在怕什麼呢？怕蛇？怕被當成偷果賊？怕掉入一邊的山壁懸崖……入山往前走一小段，便會碰到此路頭個交叉，叉路右轉是我們未竟的山路，左轉得以抵達從前祖父的墓，也就是地號系列的墓寮所在，想見自然是有許多露天古墳。

有年二爺載著祖母與我，就在一個透著南風的午後來到了這個叉路，留下我緊緊跟著祖母往更深邃的綠顏色走去。我們要去墓寮摘龍眼，我問龍眼摘了誰來載呢？我們走過高而密的竹林，那時我剛看完《漢聲小百科》八月號，認識了許多蛇的種類，便一心認定林中就有青竹絲。腳底踩的竹葉聲響都讓我的靈魂變得脆弱，才剛到忍不住問了祖母多久要回家。

也許我怕的不是這條竹林小徑，而是祖父的墳，墳邊的龍眼樹木年年纍纍地生長，這裡蚊子又多得可怕，記得那個下午我先坐在祖父的墳拱，瘋狂噴著樟腦油，然後在樹叢中跟著祖母移動，她動到哪我就對著空氣噴到哪，這畫面有點搞笑可是我很嚴肅；多數時候我自顧自地吃起剛剛摘下的龍眼，然後將黑晶晶的龍眼籽吐得老遠。看在祖父眼中我大概是個不太貼心的小孫子，他會不會偷偷來入我的夢呢？

5

第一次俯瞰故鄉聚落，就是在這條路上，至今仍然記得當時雀躍的神情，因為車速過快加上樹叢擋住視線，故鄉容貌都是片片斷斷，我幾乎來不及分辨住家的方向，唯一看到的是山上鄉曾文溪附近的工廠建築，如果現在的話，大概就能看到形貌清楚的國道三號。國道三號夜間路燈幾乎要與曾文溪平行，我從來沒有生出要看夜景的興致，暗暝摸我怎麼敢來呢？然這俯瞰畫面也常讓我想到失神，原來生長的家鄉距離工業區不遠，就業機會很多；距離交流道也很近，北上南下方便還能接上東西快速道路，這樣算是機能方便的養老之地吧。

然而得以俯瞰聚落的路段大概就此一截，那日我仍保持童年的習慣，不停地向外眺望，此路的景貌變化並不豐富：網室果園，新舊水塔，看起來拋荒多年的殘地，以及左右不停歧出的叉路，通常都只單向通往誰家的地。倒是多有籬笆圍起作為內外區分，大概多少要做一點防盜設施，甚至有些田地還有簡單的鐵門，這裡晚上人煙罕至，竊率極高，聽說叔公嬸婆就是位在大西仔的路上，與偷竊酪梨果賊的貨車追殺，夜間的大西仔尾路，我彷彿聽到被強襲奪走的綠色酪梨集體尖叫！它們是因為車速過快而尖叫嗎？或者覺得被狠狠摘下感到痛苦？不知那晚駕駛座上的陌生人有沒有注意山間的夜景？其實只要稍微抬頭，就會看到因著光害偏低，無邊無際的星群，他的一舉一動都被看在眼裡呢。

6

我一心想來大西仔尾，心心念念的就是這間小廟；或者走進這條山路便是為了匆匆看它一眼。深山林內怎會生出一間萬善堂呢？這小廟至今仍然健在，說到大西仔尾我就想起它。

上世紀最後十年，身隨祖母前來此地參加幾次祭祀，大概就是應公貝仔的聖誕秋千，沒有季節的印象，現場人倒是相當多，場面頗具規模。不敢相信村民從四面八方前來，多數是附近耕種農人，一種敬天謝土的情性所致，深深吸引著我。

祭祀節日總會請團布袋戲，意味著布袋戲棚車同我的路線，翻山越嶺地開了進來。光光想著這畫面就讓人心魂飄忽不定：誰能想像深山林內偶然遇見了一場祭祀呢，一棚布袋戲，一群農作鄉民，一個小學生，響亮的北管從山中高處向溪谷聚落擴散，身在果園都能聽見祈福鬧熱的音聲。

想像低處也有個少年循著聲音前來，只為了一探音源的來處。或者誰能想像一臺布袋戲棚車，並不真的知道小廟所在，山路不熟卻憑著一股信念也是開了進來，曲曲折折繞了半天最後終於來到廟址。山路中移動的布袋戲棚，戲棚的色塊與山中的林相混成一體，而預備中的每尊戲偶搖搖晃晃，讓兩邊的酪梨樹都忍不住探出頭來。

我喜歡大西仔尾的路途中，休息站般存在的萬善小堂，至少三十或者更多年的歷史。或許

最初樣貌也非現今的水泥樣貌，然而雷雨來時可以進來遮風避雨，萬善爺的精神會賜給少年繼續登高上路的勇氣，因為我們的先祖是冒險犯難的子民。

7

看見高壓電塔你就知道山頂要到了。然而我們已經顛抖多久了呢？一心只想趕快見到日頭，無心於路上景緻的變化，或者變化其實不大，對於創作而言大概最難的地方就在這裡吧。最後攻頂的路段，是一連串的上下坡與一連串的急轉彎：有次祖母與我搭乘大伯公的噗噗仔車，馬力不夠，坡度爬到一半隨即倒退下來，這般前進後退將近十次，我與祖母瞪大雙眼，彼此對看，身邊可以抓的都緊緊握著，卻不敢吭出聲音，畢竟搭乘伯公便車來的。一直要到白色水泥路段現身，我的心情才獲得釋放，漸漸舒坦開來，同時後悔自己沒事愛跟，又不捨得祖母一人前來，實在太煎熬了。

大西仔尾的田地沒有明確的腳路，多年來都是經由他人田地，其中一條走的是鳳梨田，每次經過機車座位上的兩腿抬得特高；另外一條是我心中的絕響，ㄊ，它應該不是路，比較像是一條滑水道，前半段是水泥鋪成，不知為何後半段經費不足，改鋪碎石磚頭加以防滑。父親母親有次來此摘收酪梨，因著重心不穩就在滑水道附近摔了機車，從此我就更加注意胎紋的有

無，心中卻是希望可不可以不要來了。

不能不來，拋荒的田也有它的故事要寫，放任那些植栽日曬雨淋，只剩萬善爺知道它們是否花開花落。老欉的果樹也有它的長照故事，我認識得不夠多，這是我生命的功課。高壓電塔身形越來越大，暗示著我們已經登頂了。

童年初次來到電塔基座，視線隨著纜線左右無限延伸，我才想起大西仔尾田於我更像是一個小型臺地，那時我總是幻想某年某月某日就會有臺直升機或者什麼神仙在此漂亮落地，華麗登場。

8

那日我們來到大西仔尾，主要是來巡視早上剛剛種下的酪梨幼苗，我突然想起了大西仔尾養過一隻狗。沒有特別取名，就叫做狗狗，不是早年的黃仔黑仔，是在我念高一時期，叔叔從公司領養回來負責看守鴿舍。

十幾年來祂都守在大西仔尾，沒有下山，常常咬死田中出沒的各種毒蛇，隨口丟在地上；也曾防禦幾次陌生的來客。我到外地念書之後，很少上來大西仔尾，但祂看過我幾眼，日後不再對我吹吠。祂是隻不能生育的母狗。每日傍晚父親或者叔叔都會帶著祂的伙食上來，這也讓大西仔尾始終不曾消失在我們生活談論的話題之中。

我想起來了，那時我們在大西仔尾搭了一座鴿舍，一座寮仔，故事我已經寫在〈地號：大西仔尾〉一文，卻忘記還有狗狗的故事。這隻母狗會不會感到孤單無伴呢？有時聽說祂會野得不知人影，彷彿也有自己的交友群。

前幾年偶然上山，這隻黑狗吃力地向我搖尾而來，四肢蹣跚，我知道祂很快就要走了，便用手機替祂拍了幾張照片。最後聽說是父親在一個冬日的早晨，在大西仔尾的某個方位，親自鋤了一個深坑，小心翼翼地把祂種在這塊祂多年來守候的田地，燒了一些紙錢，祕密一般藏了起來。祖母那時也正病重，父親從公司退下，一場大風吹即將襲來，而我甚至不知狗狗所埋之地是在何處。

這麼多年過去了，只有大西仔尾的酪梨樹歲歲年年開花成果，保庇我們田裡出沒，一切平平安安。

大西仔尾

二十一世紀第一個十年，家中耕田重心轉移到了大西仔尾，這塊位置深山林內出路不便的山地，晉升成為當時少數運作的良田，我知道主因是蓋了一座小鴿舍，以及與小鴿舍相連的寮仔，內部還有沙發冰箱與矮桌，就像山中的新家，人的走踏變多了，而我已從國中升上高中，十四五歲的年紀，家人仍然沒在外鎮購厝，能力僅止在田中搭設農舍意思意思。

大西仔尾不好去也不好寫，伯公曾在前往大西仔尾舊路發生車禍兩次，我就幾乎不曾單獨前來，一定是坐在誰的機車後座，此行全程皆是危險路段，車程時間從老家出發大約十五分鐘。二十一世紀之後，我們到訪大西仔尾都改走新路了，說是新路也只有我家走，自己的去路自己挖，有時風災過後路就不見，還得搬來除草機開挖，新路的路寬夠將車輛開進來，偶爾轎車行經密林一般的山路來到大西仔尾，恍惚感覺像是來到夜間山區，因光線不足車子要開大燈，如坐在遊園車上的我趴在窗面就怕錯看了什麼。

這裡大概很適合發生魔神仔之類的傳說，老人容易迷走其中，確實幾次父親就曾提及，遇過落單路上的長者，看起來不像附近農作的人，父親沒說的是他擔心老人是來挑一棵好樹尋短，於是用盡各種聲響暗示，順道將他們牽引下山，這是另一個故事。實則每次來到大西仔尾，我都笑稱是在爬山，海拔確實漸次上升，大內沒有大山只有低矮丘陵，大西仔尾彷彿就像我的私房祕境，一座四周全為高壓鐵塔繞圈而成的類臺地，時常讓人不知自己身處是高是低。大西仔尾不好去不好寫當然也不好發現。

那年異想天開全家帶到大西仔尾過中秋節，提議人應該是父親，他難得的好興緻，然後我們孩子追加所有情節，最後計畫雖然只是尋常烤肉活動，卻是家中罕見如此具有向心力的時刻。這場夜烤從此讓我對大西仔尾產生印象留下好感，也是生命中一定不能忘記的幾場盛會，最重要的是祖母一同參與了我們的戶外生活，祖母剛剛放手所有農事，名義稱是退休，實情是做不動，本該四處遊山玩水的年紀，卻只能日日候在客廳，我當年太想把她帶出門了，於是眼前這場集體出遊白日耕作老土地，在我自是興奮的新鮮的更是責任的。當然，有個背景故事大概只剩我曉得，或者我們心中有數通通沒講出來：中秋來臨之前二爺也剛搬離我家，對於佳節團圓這樣的氣氛這樣的儀式，多少年後父親一輩終於有了機會實踐自己的想法。

二〇〇二年我就在大西仔尾度過新世紀第一場戶外中秋夜烤，神經質的我前幾天便瘋狂留意任立渝氣象預報，注意雲層厚度降雨機率，拜託月亮露臉的機率可以高一點。十五當日更像活動總召在騎樓發落差事，天空早已傳來煙火聲響，節慶氛圍很濃厚了，而我還在檢查烤肉用具齊全了沒有，一家多口各自在找事忙碌，就怕被發現在旁晾著，大家都是第一次呢。印象中我們不斷討論究竟要開幾臺車上山，如果機車騎著隨時可以下山採買，應該比較方便吧，談笑之間依序將物資搬上轎車後座：有人問說椅子夠嗎？報紙要帶嗎？有人問說要緊急照明燈嗎？我說要。要買沙士還是可樂呢？混亂中沒有一個問題得到結論，引擎發動我們就要出發了。當然，最為重要的工作一定落在我的身上，因為祖母也要強勢回歸大西仔尾了。我慎重其事地從客廳牽著祖母登上父親臨停路邊的豐田轎車，不知為何感覺祖母像是準備要到大西仔尾草原走紅地毯，對面人家阿婆跑來問說袂去叨位啊？天地之間不知誰又幫忙回答說要去我們山上夯罵啦。

實則大西仔尾從父親年幼即是家中仰賴甚深的田地，除了出入不便，水源與土質都是好的，大西仔尾什麼都種作，祖母經手時期還有簡單兩行鳳梨植栽，當成安全島般隔絕左右兩邊作物。我想起最初通向大西仔尾的舊路，路邊田主種的就是大面積的土鳳梨，機車後座的我怕被刺到都將雙腿抬得超高；我小學時期也曾來過此地摘龍眼看荔枝，現在則是以種植柳丁芭樂居多，然後就是年資最淺的酪梨樹；倒是有一棵仙桃樹令人往返流連，大西仔尾的僅此一棵，它的名字又吉祥又福氣，據說是種來祭祀用的，看上去已頗有年代。次次我來大西仔尾，勢必來看仙桃樹一眼，它是神仙最愛的果子，敬果的熱門好物，隨手撥開地上落果就能看到肉質綿綿鬆鬆，其實我並不特別愛吃，可站在樹下忍不住你就肅穆了起來，只差沒有雙手合掌深深鞠躬一拜。

荒郊野外鐵皮農舍，那晚日光燈下縈繞著許多飛行動物，烤肉區就架在寮仔的旁邊，父親叔叔負責生火，母親整理烤物擺盤，只有我與大哥四處游擊，祖母則是坐在從老家撤出的沙發，在她眼前一切都不一樣了，一切卻又那麼的熟悉，畢竟是純手工看顧過的老土地，田頭種什麼田尾種什麼，她的心中有座節拍器都能清楚問起，就像是關切起了自己多年看養的寶物，不知今年雨水夠嗎，是否順利開花。大家現場忙著張羅，聽在心中沒有回答。從前我寫過一篇文章〈黃昏啊〉，描述祖母與我受困山中，因著車載我們前來的伯公習慣農事做到天色暗濛濛，結果當晚回家已是入夜七點多，父親以為祖孫失蹤還從公司趕回，住家騎樓的日光燈難得也開了，擠滿關切的親友鄰人。〈黃昏啊〉描述的田地正是中秋夜烤的大西仔尾。而如今故事從黃昏走到黑夜，這回我們要在曾文溪邊的一座丘陵平臺學習月圓人團圓，天色完全暗下，只有溪邊山腳不停止地傳來煙火聲響，成為了我們此刻中秋故事背景音樂。

我就突然好奇夜間果樹都在做什麼呢？它們是不是暗暗說著，像是酪梨問龍眼，龍眼問柳丁，柳丁問仙桃，仙桃又問酪梨；它們交頭接耳細細簌簌像是在講：第一次看到這家人全員到齊呢。好久沒看到阿嬤，還走得動嗎。你們猜猜楊富閔到底敢不敢摸黑靠近我們啊。

月光花灑一般落在夜間的大西仔尾，灑在黑色的酪梨樹，黑色的龍眼樹，黑色的荔枝樹……於是我想起了有篇文章叫做〈在瓜田裡過夜〉，記得收錄在小學三年級的國語課本，我真正愛死那課文與那插畫，第一次感受到課本書寫的就是生活經驗的。實則小學三年級的幾篇課文都讓我難忘，可以說是我的本土想像啟蒙篇章：〈高速公路〉、〈海底世界〉、〈到娃娃谷去〉、〈到山上看風景〉。〈在瓜田過夜〉描述的田地雖與我身處的大西仔尾根本不同，卻都有一間得以住下的小農舍，時當九歲的我跟隨課文中的孩童一起分析田中得以聽到的聲響，內心不斷對照真實生命中的田地，我想的不外是溪邊河床土地的下洲尾，就是溪邊山上的大西仔尾吧！課堂上或者作業中的我，完全沉浸在課文編織的田園生活，那時我是否已經埋下某個想望，但願有日我也能夠在田裡過夜呢？遠方玄天上帝廟正在進行摸彩晚會，麥克風聲響沿著曾文溪谷向我傳遞而來，可以感受溪邊山城今晚多少遊子回來了，而各種煙花在空中迅速排出隊形給出數字。我就在溪邊山內最高處最隱密最空曠最安靜的地方，生命中第一次抬頭認真研究起了月的明暗，然後笑著跟大家說下禮拜大家樂這次會出幾號。

二〇〇二年的中秋夜烤，世界彷彿失去界限，為了防止蚊叮蟲咬現場燃起了鱷魚蚊香。我們好像開了兩個爐火，一個烤基本款的烤物，一個拿來夯魚仔，負責顧火烤肉的是母親與叔叔，父親爬上鴿舍不知在忙什麼，鴿舍也是有裝日光燈的，他的影子落在我們的烤物之間搖搖晃晃。祖母也跟了我們吃土司夾蛋，那時流行自製一個錫箔紙小盒，裡頭放一堆菇與菜，點綴兩三顆蛤蠣，烤肉也是需要擺盤，待煮熟小心翼翼端至她的面前覺得超有成就感。這裡的電視只有老三臺且收訊不佳，一定沒有忘記的是手提音響都帶上山了。如果是〇二年左右，聽的都會是周杰倫五月天孫燕姿 S.H.E。而我努力回想卻記不得當日談過的話題，也許什麼都沒有深入聊下，我記住的其實是一種寶貴的氣氛，一種不怕危險摸黑走山路也要大團圓的浪漫天真；或者團圓於我們而言仍需演習太過私密，但不管如何當下此刻是團結在了一起，如同纍纍的奶姬纍纍的靈應纍纍的酪梨纍纍的仙桃樹。

因為害怕驚動了練飛中的賽鴿，加上田中引火太過危險，那晚我並沒有買來任何一種煙火，也許我本就不習慣抬頭看煙火一如抬頭看月亮，早已無法如同兒時在三合院被水鴛鴦嚇哭，被蝴蝶炮追著跑，蹲在地上看蛇炮笑說是大便的年紀。慶幸的是曾文溪中游一帶徹夜持續施放沖天炮，像在慶祝我們一家今晚的聚合，突然我就想到不知二爺此刻在做什麼，過去幾年中秋我們都是固定在客廳吃著火鍋，他剛回到了新家，他一切還好嗎？答案恐怕祖母也不知道。我們後來吃起了山下帶上的文旦白柚，以及中午剛剛祭祖過的月餅禮盒，平生我就最愛方方正正中秋月餅，通常都是父親公司送的賀禮，或者保險業務員的公關伴手，從小幻想能有家族出遊的機會，沒想到真切在我眼前上演，我才發現自己得以做的實在有限，最後就是放心地沉浸在月暈之中，仔仔細細地把彼此看得更清晰。是夜，我們在大西仔尾待到了將近十點，隨後又有父親高職同學前來會合，他們的車頭燈不懷好意從暗處打向寮仔打向鴿舍，我在曠野之中玩弄雙手，有隻大鳥影子打在鴿舍的木造斜牆。

當晚我有沒有趁著烤肉間隙夜遊大西仔尾呢？劇情似乎應該這般走下但是我沒有，或者我有只是忘記了。但是此刻我想像自己手持緊急照明放出白燈，獨自往暗處走去，想像家人笑聲離我越來越遠，而我離任何一棵果樹都近。我可以清楚聽見果子們正在熱切交談，當我行走在低矮的珍珠芭樂樹，同時仰仗較為高大的荔枝龍眼作為方向註記，最後目的竟是為了走到獨一無二的仙桃樹前。

在暗夜之中我有什麼話想對仙桃樹說呢？或者仙桃有什麼話想要告訴我，未來它將去到某位神祇的供桌，我會在廟殿與它不期而遇，我心中的訴願仙桃樹比我更懂來龍去脈，只因它在大西仔尾已經生活超過半個世紀，它看著父親也看著我從小長到大。

夜裡的仙桃都是黑色的，我不確定是否真正看到它，但它可以看到我吧？所以仙桃樹是二爺種的嗎？或者更早之前祖母就曾親手摘下成熟的果實。有個答案漸漸浮現，而我希望它暫時當成祕密。仙桃樹下可以感覺大西仔尾的水池開始騷動，我也看不到水池看不到池中蝌蚪，一場長五分鐘的煙花秀突然在我身後上演，轉身我才發現自己早已深陷夜色之中，彷彿聽見遠方家人急切喊我的名字，說趕快來看明牌！同時車子引擎轟隆運轉，這是誰要下山或者剛剛抵達呢。

我就抱著緊急照明燈搖搖晃晃原路逆著拔腿奔去，前方去路放出大量光明，留下了身後一整夜錯愕的樹影，留下一樹纍纍的奶姬纍纍的靈應纍纍的酪梨纍纍的仙桃樹。

地號

小西仔尾QR叩

大小西仔尾之間，夾層般生著一塊廢地，多少年來沒有看過任何作物，只有田頭一座地下井，井口與地面平行，年年自動冒出水源。無數個對流雨的午後，我總在樓厝三樓擔心往返兩田之間的父親母親會不小心踩空。接著編織劇情擔心他們失足失蹤從此不見蹤影。平生我最怕雙腳踩空。所以下樓喜歡踢腳攪拌空氣練習感覺梯面寬距。

這塊廢地到底是誰的呢？某個暑假開演前夕週日，當時轉去善化就讀大成國小的老鄰居老玩伴兄弟檔回大內，他們結業式了，家族有事回返鄉下，順道到訪我家作客。我們各自的母親，在午後對流雨雲突然消散的客廳聊開，兒童則是編整成隊，最後搭了要去大西仔尾的父叔機車，前去小西仔尾說要灌斗杯啊。

肥沃廢地成了臺灣大蟋蟀的穴居福地，眼前竟有數以百計斗杯啊土丘讓你灌到手軟。這些土丘，從小我用臺語說是斗杯啊印，寫成印或者蔭，引譬連類都能串出一段故事，我都喜歡；更喜歡想像隆起土丘的細沙紋理，不知為何腦袋浮現而出的竟是一幅幅QR扣圖像，像是只要忍不住手機掃它一下，就能鑽入地層潛入斗杯啊的家，看看下面發生了什麼事。

下面發生了什麼事呢。實則我家會出斗杯仔印記的田：大溝、大西仔尾、下洲尾。獨獨小西仔尾的蟋蟀故事印象特別清晰，我猜想大概是因玩伴。一同前來灌斗杯啊的兄弟檔，當時已經成了市鎮小孩，穿的是與我款式並不相同的橘黃色運動服，他們搬離大內些許年，我們年紀更小的時候天天玩在一起。

大概讀小學三年級，班上轉學生比例高得驚人，擔任股長的我都在幫忙導師跑教務處送資料：轉去臺南、高雄、善化，新市科學園區正在崛起，附近衛星市鎮瘋狂徵地蓋屋。常聽人追憶過往的起手句型便是：以前這裡整片都是稻田！不久前我在向人談起善化近年改變，不自覺脫口而出：善化陸橋下來以前都是一片插滿競選旗幟的稻田……

到處都有建案，到處都有工程，上世紀末最後十年處處都在發生變化，我也在變化之中，唯一不變的就是繼續住在大內老家。我日日在曾文溪邊幻想著何時才能擁有自己的樓厝。我真正羨慕每個轉學而出的同學。

記得有次家裡聚集了所有親戚玩伴，熱天玩瘋於是回家吹扇，中場休息，我家客廳永遠是最好的棲歇地。九歲十歲童言童語，兄弟檔滿頭大汗開始說著他們新家有六層樓高，另個也剛入厝的別墅男孩，則是描述室內裝潢是和式風格有榻榻米。兄弟檔且認真向剛剛下班的母親勤打招呼，說起了搬到市鎮之後的新功課，我就在一邊晾著插不上話。母親聽得認真（她是我見過最把小孩話當真的成人），當下察覺她的內心也有一個與我相同的願望吧。

雖然玩伴陸續搬至市鎮，我並不感覺孤單，我是自得其樂的小孩，一個人可以繞著三合院騎車一個下午，從搖搖車騎到滑板車，最後騎到變速車，騎到三合院被拆遷我都念了高中習慣仍持續著。獨處的時候，我的腦袋不斷修正與設計自己發明的遊戲，然後選在一個全沒功課的午後邀請所有堂弟妹到場試玩。只有節慶時日，或者週日早晨，眼見遊子返鄉車輛從而感到失神，他們東南西北地回到大內，一時之間像也鬧熱了我的內在世界，聽到長輩子女之間的交談都是當季果實要給誰帶回臺中臺北，話題永遠轉著你讀小學幾年級，這時我才會感覺孤單。我不怕誰離開就怕誰要回來，回來於我才是真正艱難。

畫面重返兄弟檔短短回來的一個下午。一路打棒球的搭檔、大老二的牌咖，消夏活動的基本成員，那日我們很快就在大小西仔尾之間灌起了斗杯啊，此一大地遊戲必備道具：小鏟子（可以用來鑿洞）、盛水容器（我們家都用鋁製茶壺看起來比較古意）、至少及膝的水桶下放出洞的蟋蟀然後丟幾片落葉當食物（及膝才不會讓斗杯啊跳出來），接著就是很多很多的耐心。我們彼此回報進度，相互支援。可以感覺他們似乎許久沒有這般自在快樂，而我才發現自己不敢將水大口大口往洞內栽，畢竟好端端誰喜歡在家裡突然淹大水，於是摸魚到處游擊，幫趴地上努力以水平視線看看斗杯啊準備出來了沒。

所以這是個怎麼樣的視線？位在曾文溪邊山頂廢地，爬高樹就得以望見曾文溪水，可以辨識下洲尾，指認港仔的方位，而我趴在地上等著出洞的斗杯，是否就與斗杯啊看見的是同座小西仔尾平原。兄弟檔之一緩緩慢慢將水引進小洞，接著鏟子直直插入土丘後方，這是老手，等於要把蟋蟀意欲四通八達的路線全面封鎖，然後繼續等慢慢等；也曾半壺水吃完一點動靜都無，要不就是個假穴空洞。過去經驗告訴我，此印鐵定擁有兩個出入，於是一手將小鏟子挖得更深，一手勇敢地伸出單食指放入洞穴，範圍選定，左右手同時往洞內施力，連著土與水與早已攪和而成的泥水，隨即向上大面積大面積地翻開，四周土壤皆被翻了過來，另個洞穴果然完整露出，常常光天化日就看到準備烙跑或者在水中浮沉的斗杯啊。

漸漸發現我是負責來尖叫的，因為除了耐心也要有膽識徒手把斗杯啊抓起，斗杯啊最會跳，一不小心溜進草叢就害了。那日高壓鐵塔基座下有三個孩童在灌蟋蟀，凹陷在大小西仔尾之間的蟋蟀故事正在給我暗示，這也是一則關於離與返的故事，是一則關於起居的故事。數以百計的蟋蟀蔭建案一般選在盛夏搭建而成，而我在一場將落未落的西北雨前刻，在被兩行龍眼樹隔絕而出的無主廢地，認真等待一隻隻斗杯銜著牠的家的故事出來。我突然想要落下眼淚，瓶中水流繼續注入洞內，這時我看著一隻斗杯不得不因著水淹走了出來，後面跟著另隻步步驚心的小斗杯啊。

畫面最後三個孩童面對到手的數十隻斗杯啊不知所措，地上都是毀壞的蟋蟀印，大面積接著大面積。從前祖母灌來論隻賣錢，我們是要去哪賣呢？父叔兩人在小西仔尾進行著他們的農作，這裡種的是酪梨與龍眼，正隱身在樹叢之中。我們三人在山頂上電塔下就著日落，拖著長長身影，兄弟檔明天就要回去市鎮了，而我與我的身影繼續留在這裡。我們一人手拿鏟子，一人手提茶壺，一人手提半桶的斗杯啊，努力想要跳逃而出的斗杯啊。

上下文——

鄉村符號生產器

長壽劇

幾年前交換禮物抽到一組動物造型療癒小偶，非常喜歡，現在我將它們扮仙般地擺在工作桌，和我一起打字上網與看書。想到我小學也有一組尪仔，是黏在自動鉛筆頂端的熊形小偶，頭重而筆身輕，這種筆通常不會拿來寫，有點丟臉，大概五六隻。中午完成功課，我就坐在書桌將他們一一拆下兜攏，並以學生書桌小白板為舞臺，搬演各種劇情。一個人顧家有點恐怖，我就同時把電視打開，下午電視都是保健節目與星雲法師，還有會瞬間變臉的川戲，而我關在房間私自進行我的長壽劇。我記得是演臺語的，就是好幾隻熊在上演《春天後母心》或《長男的媳婦》。一個人嗨到不行。那些熊形小偶早就下落不明，難怪我對這份禮物特別動心，比起當年的熊形小偶尺寸多了兩倍，像他們也跟著我發育變大了幾倍，像多年後決定回來陪我的舊識好友。我幫它們拍了張團體合照，請問是不是有人在偷偷看鏡頭呢？

手遊柚皮蚊香

文旦白柚的外皮，曬乾之後得以當成蚊香來燒，我不知道效果如何，感官的刺激卻是十分過癮。第一次向我展示此項技藝的是外公，他的後院欲晚時間都是蚊子在飛，總是站一下就被叮了好幾趴。實則蚊子叮咬從小即是我們戶外生活最大的難題。我們或多或少都有一位紅豆冰的同學，黑蚊問題還曾成為校務會議的主題。不知道後來是怎麼解套的。

有年中秋我們上山夜烤，當令的柚子為餐後的果物，柚皮自然成為我們驅蚊的利器。仔細一聞覺得除了柚香還有煙味，如果未來我要設計手遊APP，這是攻擊敵人的絕佳設計。

文旦白柚收成，暫時堆疊成塔在古厝，我們收成水果第一難題不是賣不出去，而是沒有倉庫不知要擺哪裡。有一陣子我家客廳進門角落也有一堆文旦白柚，日常吞吐之間全是飽滿果氣，九月開學，覺得身上穿去學校的制服也是香香的。務農的孩子全都香香的。

民國前十二年

每回聽人談及民國、民國熱、民國文學，我就想到曾祖母的身份證。外觀、尺寸與當今流通的並無兩樣，差別在資料都是手寫的，以及上頭寫著生於民國前十二年，讓我們一群堂兄弟姊妹看得驚呼連連。民國前十二年是一九〇〇年，民國成立在一九一一年。民國推翻了滿清，所以阿祖是清朝人？不對。一八九五年臺灣割讓，那麼阿祖是日本人？為什麼後來寫的是民國前十二年？如果曾祖母當年出生即隨父輩重返不在割讓範圍的福建，那麼她又算什麼人。為什麼曾祖母墓碑最後寫的也不是漳州、不是龍溪，竟卻是大內。問題會不會出在刻墓碑的那個人呢。

親家

陪妹妹完成圖畫作業，注意到了家長意見嬸嬸的字是簡寫。妹妹有兩個，是長大才漸漸相像的雙胞胎。她們出生二〇〇九，今年秋天就要讀小三。我始終覺得她們會是我的責任，也曾發下豪語，說以後念書靠哥哥就行。

嬸嬸來自中國廣西，嫁至臺灣十年，十年內回鄉約莫五次，相信很快我也會拜訪她的娘家，跟著妹妹一起認識她們的外公婆。海的那邊還有我們的親家。

於是我就上網訂閱兒童讀物，臺灣的兒童都讀些什麼呢？買來英漢與注音字典，努力揣想教室內妹妹可能碰到的狀況。也許根本沒有問題，或者問題其實出自於我。這真是我的人生功課，邊做邊學的必修。

菜瓜布愛情

老實說我覺得天然曝曬而成的菜瓜布長得非常恐怖。小時候我常看到瓜棚上面任它曬乾的瓜身，納悶為何沒有將它採收。與我同感的是位遠親表妹，不知為何那日古厝瓜棚一粒正乾裂且脫皮的老瓜，意外出現在古厝埕上正中央，我們孩童嬉鬧之間，把它當成足球飛踢，我覺得好像在踢什麼菜瓜的屍體，且是乾屍，於是退到了一邊。小表妹驚慌失措，她叫得越大聲，哥字輩就越開心。我有點擔心。因為他們姓氏不同但算是親戚。最後菜瓜根本不知踢到哪裡，只剩哥與妹光天化日在埕上追逐，祖先全部看在眼裡。他們像是彼此的菜瓜布，這比喻很通俗但是我可以。白光的剩餘，一點點的熱度，就得以暖活許多事情。

字與紙

它們的前身是上課講義、閱讀材料、審查稿件、新書校對稿……一大落一大落的Ａ４紙就囤積在我的書櫃，全是使用過的，單面列印，它們是我生活的內容，另種日記的延伸，目前已經有三年的高度。大概是惜字敬字的觀念，也是怕浪費，像小學生我把空白處拿來算數學、記單字、打草稿、抄重點……。前幾天將它們扛到影印店一一裝訂成冊，每本厚達三百頁，總共訂出五大本，現在齊齊整整立在我的書桌，是另一種樹的故事，我雜亂的念頭為此紛紛歸位，人也精神了起來。這像是我為自己設計的專用稿紙，預約未來上頭塗寫更多文章，文章根植於生活，也根植在草地。

風吹

我的第一首江蕙是〈感情放一邊〉，二十世紀最後十年的臺南山區，我念的雖是小學校，音樂課的教法已有一點改變，不再只是看譜唱歌吹直笛，視聽設備開始出現，影音的教學成為特色。我記得下課前十分鐘，負責教授全校音樂課的老師會播放音樂伴唱帶來收尾，江蕙的歌就是我們的補充教材：〈感情放一邊〉、〈愛到袂凍愛〉、〈愛我三分鐘〉；小學校沒有像樣的音樂教室，上課的場地平時也當活動中心，配置的是長桌長椅，有一點教堂風味，下課前十分，全班鬧成一片，我趴在長桌，眼睛盯著字幕，不敢唱出聲音，一個人小心翼翼地對嘴：人講這款人這世人的，命親像一隻風吹，明仔載不知欲往叨位飛……我相信有人已經飛到合作社，有人飛向鞦韆與滑梯，我的心神卻被二姊歌聲牽至故鄉山坡地最高點，歌聲浸潤我的魂骨，我以為自己也是一隻風吹，飄得更飄，看得最遠，卻不曾想過歌詞唱的感情到底放在哪一邊，可以放在哪一邊。

府城

重讀新垣宏一《華麗島歲月》心情特別複雜，在臺南髣髴變成一門顯學，而灣生曾是熱門議題之際，一九一三年出生於高雄的新垣，不管他的身世他的作品，於我都是一道謎——尤其是他的臺南時期、他對臺南的癡迷，一九三七至一九四一年，新垣任教臺南第二高等女學校，發表諸多關乎臺南的作品：〈城門〉、〈在沙卡里巴〉，他眼中的臺南難道只是佐藤春夫或庄司總一《陳夫人》視線的延長？我想像他也時常信步臺南街頭，一定是的，作為出生在臺的日人作家，他又看到了什麼？那是一股無可名狀的臺灣熱嗎？燒在四〇年代的本島文藝界，一場場的座談會，地域的、歷史的、民俗的、殖民地的。

神明臉

所以我到底記住的是什麼呢？他的臉色總是紅通通，長期貪杯加上鬱卒緣故；經年躺在廟邊樹腳四腳朝天，不分晴天雨天。紅臉加上廟邊成了多年之後起引故事的關鍵畫面，然而直至現在我才發現，他還擁有一張神明臉。

神明臉在街上行走，不分高溫低溫，搖搖晃晃走著自己的臺步，他的出沒時間其實相當固定，而我慣性就趴在鋁門窗仔細看著，鄰里家人不以為意，好像這是生活的部分，我不知是敬畏還是害怕，或者敬畏跟害怕關係很近，始終遠遠看著。這一張熟面孔，此後陸續複製貼上在我周遭不同的人身上，幾次也與他重逢在臺灣文學的作品之中。

我常想起神明臉，我所敬畏的：蓄著長髮身形高大，成天似乎沒事，親戚卻說他只是懶惰，孩童的我知道他絕不是懶惰；也有一個是我遠親，白天從山區大老遠徒步來菜場買肉燥飯，路邊騎樓蹲著就吃起來，大人也說他是不想動，每次路邊捕捉野生的他，立刻驅車回家通報祖母，好像我是最關心他的人；也有半夜開著噗噗車村路繞啊繞的，不能睡或者坐不住。更多時候他們的臉是紅的顏色，看起來十分傷心的樣子，內心有座積水的窟窿，每天好努力讓自己不至於太走鐘。這也是我最近新加的功課，緊急的功課，邊聽邊看的必修。

雲之中

除了熱氣球，還有天梯、摩天大樓、滑翔翼、空中走廊……漸漸地，我們開始嚮往離開表層的生活，而我還在寫作，難道文字有地心引力？在拔升與離地的過程，我們又到底看到什麼。這時不免想起張文環的小說〈在雲中〉。

在雲中我想起日治時期臺灣文學，龍瑛宗、呂赫若與張文環，以及更多臺人日人的創作。他們的寫作年表讓人愛不釋手，彷彿年的縫隙之中還有縫隙，作品之中還有另篇作品。喜歡龍與張包括他們延伸來到戰後的創作，我常常重讀龍的〈瞭望海峽的祖墳〉以及張的《在地上爬的人》。這些作品一次次引領我至文學想像九霄雲外，也一次次帶我回到故鄉的地平線來。

地平線上，平行時空，日治時期曾祖母一家都在楊家三合院做些什麼。她也是一路從日治時期走到了戰後，根本就是小說裡的人物了。

仄轟胎

〈飛在風中的小雨〉、〈心愛的再會啦〉、〈空襲警報〉是二十世紀最後十年我最熟悉的臺語歌曲。中學時期初學電腦，記得在大得離奇的電腦教室，學習使用臥得介面練習中打個人檔案，當時我的偶像留的是伍佰，還使用複製貼上功能，形成伍佰伍佰伍佰的特色效果，為此讓臥得小幫手急著跳出來向我顯示：你需要幫忙嗎？不需要。聽伍佰唱歌在我家，從來不是一個人的事，而是一家人的事。印象中的颱風季，某次晨間突然宣布停課，大家全不出門。我們聚在客廳專注收看伍佰電視專輯，穿插許多演唱會實錄片段。這是CD的伍佰。這是電視的伍佰。也是現場的伍佰。電視專輯是怎樣一種概念呢？讓我百思不得其解，卻又一看再看。家裡的伍佰不只《樹枝孤鳥》，往前往後的作品當然都有，為此流轉成了一則或者更多的伍佰故事，如今它仍穩穩站在書架。如此明確，如此踏實，如此好聽。

聲音

如果書寫的其中一種意義，最初是為了記錄君臣之間的言行辭令，那麼散落古籍冊頁的文字符碼會不會也是一種聲音的史料。喜歡泡在圖書館，從永和臺灣分館出發（得以順便到四號公園小跑步）、臺大總圖（密集書庫是我的最愛）、國圖（通常中途跑去自由廣場看降旗儀式），再到雙北各區域好可愛的小型圖書室（辛亥路道藩與大安分館有特色）。安安靜靜很大聲。於是超耐心等待特藏調閱，持著同組索書號到訪不同藏書閣找同一本書。好想知道全臺灣知識分布，如同好奇茶葉稻米柑橘文旦種植的點狀，那究竟是瘀青還是胎記。也就想蓋一間兒童閱覽室，這時需要更多讀物，我們過去都念些什麼呢。又該看什麼比較好。臺灣兒童一路上是怎麼走過來的？

道路的記憶

最近回老家，注意到母親與鄰居開始飯後習慣散步，某個晚上，我也跟著一起走。這些名為散步的路線，正是一條條的夜路，路途所見如布景切換，現在我們來到晚場時間。

沿著學校圍牆而走的路線以前不曾經驗，這才注意幾間教室晚上燈是亮的，其中一間是我小學三年級的教室，現在聽說是替代役臨時宿舍。比如比較容易察覺路燈壞掉的根數，我們走路像在露天演算數學題目；哪個路口常有行車入庫，哪個轉角夜貓群聚；每當民宅傳來綜藝節目聲音，通常已是接近八點，因為都看同臺的八點檔，從各家傳來的片頭曲音量總和聽起來超級大。

起居的地方較山僻，路燈壞了許久才來報修，暗處實在很多，危險當然也多。七點過後村上車流驟減、九點門戶深鎖，十點你就可以躺在馬路上了。想來我們應該更像巡守小隊，只差沒穿反光制服背心，手持燈筒前後照應。

巡守隊夜夜走在任何一條可疑的路，我想到故鄉暗處變多，那也意味住戶燈火變少。於是我們就以彼此身影當成行腳暗號，直至走到隊伍潰散、最後剩下母親與我，自成雙人行伍。

山村光害較低，我們母子只要抬頭就能看見滿天星群，其中一顆閃著閃著。不知是從多麼遙遠的地方送來了訊號，而我彷彿讀出它的提醒：有些事情很快就要降臨。

西瓜綿

西瓜綿斷想一：西瓜綿魚湯是我的最愛。從小我就愛吃瓜，愛酸酸的西瓜綿片，也愛魚肉塊，更是不折不扣愛喝湯的小孩，臺南美食不常提到西瓜綿，偏偏在我心中始終有碗熱呼呼西瓜綿魚湯，提醒我的胃口吃甜吃酸也吃鹹。

西瓜綿斷想二：不知為何每次都把西瓜綿打成西瓜眠，好像西瓜正在熟睡與酣眠。印象中最常將西瓜綿搬上餐桌的是外公外婆，他們的西瓜綿虱目魚頭料理用來配飯，暗色的湯汁浮浮沉沉滿滿的瓜肉，天啊，最後總被午睡醒來的我當成零食一塊一塊挑出來吃。

西瓜綿斷想三：聽說西瓜綿變身前其實是發育不良的小西瓜，讓人忍不住想要替它寫一篇小童話。曾文溪河床地曾是西瓜的領地，想起曾經跟隨二爺到訪他的瓜田，從小家中就有吃不完的紅肉西瓜，偶爾則是小玉。瓜藤牽牽絆絆，瓜果在你腳邊，我不知哪一顆未來會生成大西瓜哪一顆會化變作西瓜綿。

那日坐下喝著今年的第一碗西瓜綿魚湯，心中想著無非若是此刻你能在我身邊一起共享臺南天光，喝著魚湯、走看走看，該有多好呢。

重逢

一〇年住進臺大研一男宿，立刻生了場大病，病了七天七夜，天天W都提著皮蛋瘦肉粥，從永和坐二五四公車來看我，並為我接手幾門助教課；那個秋天颱風超多，雨季尤其長，位在樓梯邊間的宿舍濕氣特別重，高燒四十度的我裹著厚棉被仍全身發抖，只因棉被也是濕的。

「怎麼病得這麼重？」W問著。大概是被煞到吧！我的答案哽在喉頭，卻怕說出來嚇到膽小的W。那個秋天，剛辦完遠親的喪禮，遠親的病更重，長年獨居在南部的他於中年得到惡疾，走時不過四十四。

跟家人近乎斷了聯繫，生前生後一切成謎，遠親甚至沒有告別式，只草草租了一個水泥隔間，簡單祭拜過後就推出去。

那個秋天，我開始主動打電話回家，就在研一宿舍回字型走廊，日日和母親講話，也和W講話：一個人在外討生活的艱苦如何述說？如今八年過去，我才大概稍微能懂離家的他一點點。

紅白機

其實紅白機是近年才學會的說法，以前我只喊它電視遊樂器，或乾脆說「來打電動啦」。也可能機器玩久機身多了一層灰黑顏色，注意力又聚焦在螢幕進行中的遊戲，忘了它曾是紅白顏色。

我們的遊戲房在三樓小客廳，地板鋪著父親公司生產的字母巧拚，迷你型電視貼了個囍字，據說是母親的嫁粧。每天下午四點放學，我會火速完成功課，跟大哥就自動在那集合。那是民國八十四年，大哥初念國一升學班，我才讀小學三年級，平時我們很少玩一起。

玩太久擔心主機燒掉，大哥就囑咐我去觸摸電源線的溫度。卡匣接觸不良，大哥會張嘴對卡匣吹二口氣，再試一次果真行了。許多遊戲雙打更好玩：如《雪人兄弟》、《瑪莉兄弟》、《魂斗羅》。遊戲中掩護、支援、等待彼此，那是我們兄弟倆最為親近的時刻。

臺北

不敢相信到臺北已八年，二〇〇八年暑假尾聲，我一人走在羅斯福路找尋網路下訂的租屋，不同於大學時代賃居的學區，那間位在萬隆的小套房租金不但貴得嚇人，生活機能也不佳，大概我真的太興奮，只想趕快安居落腳，那時的小說我寫著：「花甲二十二歲有了，花甲二十二歲想蓋一棟房子！」那也是農曆鬼月，路邊騎樓人家在祭祀，母親也正在南部祭祀；那更是八八風災過後一個星期，災區重建才開始，我心有餘悸，許多驚懼想要述說卻不知向誰述說。

初到臺北天天覺得自己會感染H1N1，所以每天至萬芳醫院排隊篩檢；一個學期弄丟四臺腳踏車，從圖書館扛回二三十本書，然後坐到相反方向的捷運，總是遇到故意繞遠路的計程車運將，一直生著病。

我的生活變化不可謂不大，寫了十幾篇論文，完成五本書，一本碩論，去了幾個國家，把臺灣跑得更熟更徹底。我熱愛生活、喜歡寫作，如今距離小說主角花甲發下的宏願：「二十二，是該想想安定的事了。」不知是否越來越遠了呢。

再重逢

許多事情說來很奇。你說不常聽臺語歌，臺語並不講得輪轉，這幾年卻跟我從日治時期臺語歌謠一路聽到當代臺語流行音樂。因著我們都對語言懷抱濃厚興趣，此刻最大交集竟是臺語歌曲。然而交集或在世紀之初就著南部日照已經譜下。你我仍不相識，只在各自生活的小鎮，默默學習一首剛發表的臺語歌：歌的主人過去都唱國語流行歌曲，猜想我們是被專輯名稱《愛到史豔文》深深吸引，也很好奇〈故作浪漫〉要怎麼翻唱臺語，或者更是因為歌聲有股誘力——一種堅定的感覺，暗暗牽動著我的心緒，提醒著我：這首歌要記住，好讓未來能夠與你以歌相認。二十一世紀來了。我們在南臺灣聽孟庭葦唱臺語歌，十三年後，臺北市福和橋上單車並排，無意間哼起將近十年沒唱的歌，隔著車聲風聲，不可思議你就跟著唱下去了。這是你少數學會的臺語歌，較之熱門經典款，這也是非常個性化的曲目。數以千計萬計的臺語歌偏偏你獨獨就唱這首。歌的名稱叫做〈找一個人〉。

夜光河堤

一家八口。四臺機車。前後照應。月色。山產。曾文溪。這個父親節好生猛又漂撇，已連吃兩天。我們沒到城區餐敘，逆曾文溪水流勢往山內走去。飯中我向大家公布文學改編消息，像是加點一道料理。這個媽祖廟後的無父家族，至今結構沒有散去，已是最大的福氣。回程我們沿河堤灌飲夜風。你是不是也有一點茫酥呢？幾盞路燈沒有亮起，兩眼卻是看得無比清晰。我們同時想起祖母，還有姑姑那句無父無母，當今只剩兄弟姊妹可以相挺的話。河堤路上，一邊是黑麻麻的芒果林，一邊溪埔地有搖搖晃晃的光圈，猜想是夜釣的年輕人。一個人。讓我想起年少的舅公們，總是突然帶來新鮮漁獲，來跟他的大姊我的祖母分享。四臺機車由我壓後，最後消失長堤盡處。這一路上我們像是彼此的青紅丁，也像是彼此的警報器。

儀式——

喝蜜的故事

今年老家三樓翻修，動工時間一路從六月到了中秋，主要是為了即將到來的婚禮。我家上次舉行婚禮是十年前，再上次則是三十二年前，每次家中有喜都帶來家庭空間的重新配置，動了血脈約略就是這個意思。年底大哥的新婚當然也是。

由於三樓先天條件不良。水壓不足，水抽不上來，本身加蓋又時常漏水。夏季蒸熱，根本無法久待，多年來已經被當成倉庫使用。然也正因著婚禮，全家不得不正視這暗處所在，何況神明廳還在三樓呢。這棟五十年久的樓仔厝，實足得以登錄臺南老屋清單，只是現在它需要新陳代謝。

翻修期間我正忙於書店田野的大型計畫，穿梭臺灣無數知識空間，直擊當代建物的美學品味，時常想起正在裝修的臺南老家，如今整頓到了哪個環節呢？已經記不起上次登上三樓什麼時間？只是不斷從母親的電話得知進度，又清出多少年代久遠的藏物。我與大哥童年乘坐的嬰兒車正是最好的例子。

全家精神繃緊，工程浩大太像拆屋，我也只能聽母親形容一樓二樓拿來臨時寄置，大概連走路都很難吧。竟然慶幸自己不在當下，卻掛心一車車清出的家具、衣物、燈座、棉被，那些大量回收的雜物之什，其中又有多少喝蜜呢？

喝蜜就是好東西、好物的意思。這邊我將告訴你關於喝蜜的幾則故事。留下來的物人事。我不知它的滋味是否甘甜彷如飲蜜，然它跟記憶與寫作有關，甜苦酸澀難分，滋味難以細述。

套圈圈series

分不出它們出現的前後順序，只知都從夜市掃蕩回來，或者查不出來源，所以一逕將陶瓷小物、琉璃飾品或人形玩偶，當成套圈圈的series。不同階段的套圈圈記憶，如今在我眼前它是一個整體。一圈捲出一圈漣漪。試問它是個怎樣的圓呢？

印象最深的攤位是在星期六的隆田夜市，現在的區公所附近，廢棄營區的正對面。我的命中率是極低的，卻是每週指定拜訪的基本攤位。

而提及套圈圈，我們的想像都是這樣破口的：有個藍色白色的帆布鋪在地上。在你腳邊接棒似壓著一根根木棍，就是請勿跨越此線的意思。前段區域姑且稱之沖積傘或三角洲，地理課本告訴你，逼近出海口的礫石比較細，所以密密麻麻站著造型卡通的手作小物。它們面目模糊，極度微型，以致無法判斷雕工是否精細。我自己手邊就有許多擺飾，外型有長得像貓的狗，也有長得像熊的貓。然而在你眼前，卻非是最易到手的，相信擲過套圈圈的你是明白的。

中階區域常是一些汽車模型或電器用品，敲打小鼓、頭戴高帽的紳士兔，某種程度它像個跳蚤市場的概念。這裡也開始進入階梯模式了，所以海拔比較高。物件層層架起。人的臂力與圈圈重量，相加加乘的物理效果，圈圈總是密集在此降落。攤主常在走道之間撿拾圈圈。模型與電器不適合當成標的，總以蘆筍汁瓶身當成替代物，所以它們兩者彼此是個等號嗎？數學並不敏銳的我，時常一邊拋丟，一邊為此困惑。蘆筍汁一罐只要二十元。中間區域也會出現各種香檳，最常被帶走的也是香檳，它的瓶身就是標的，物與人的關係比較單純。

最遠處的是大型布偶，裝袋的維尼熊與裝袋的皮卡丘。每次看著玩偶端坐夜市的樣子，不知為何讓人特別神傷，大概封密在透明塑膠袋，看上去就像要窒息的樣子。如果還有更高一層，常是布袋戲人物巨像，或是攤位的私藏主打，我遇過一攤，頂端橫著一臺兒童腳踏車，老實說獎品不夠誘人。我以為眼高手低四字在套圈圈的遊戲，發揮得通透徹底。是的，其實攤位身在夜市，我們也明白燈照永遠是不足亮的，身處其中的你自然就看得不夠清。套圈圈的訣竅關鍵，不在套也不在圈，而是光線，我們在練習的：與其說是命中的手氣，不如說是在揣摩人物之間的行距，在有限的照明之中，這裡仍有漁獲。

後來我曾在老家的樓梯間，有樣學樣，二樓通向三樓，人少的一段，想像自己在夜市架攤，什麼東西得以拿來套圈？這個問題並不困難，我就把壁櫥瓶瓶罐罐通通找來撐場面；困難的是圈圈怎麼製作？總是東西已經到位，卻因沒有道具草草收攤。幾年前在剝皮寮有個跨界展覽，主題是臺灣特色，我提出的構想，即是把套圈圈搬到現場，沒想到引起好評，老少咸宜。最大獎是我的書，同樣買來蘆筍汁當標的，收攤大家還好開心地喝果汁慶祝。

套圈圈最吸引我的是布置擺放的過程，也就是準備中的階段，猜想昏黃日暮，夜街將起之際，發電機正式啟動。各個端點的線路已經牽起，鹵素燈光從四個角落對內集中放出光線，在我眼前是個深度仍有光線的海域。別忘記，套圈圈總喜歡使用藍白紋路的帆布。攤位主人是否想過：這次與上次位置是否一樣呢？前段區域太密集了，是否需要安排畫位？或者沒有差別，大家擠一擠，也是一種戰術。而再次到訪攤位的你，一時也不確定，那尊史豔文是否是同尊史豔文了？符徵到處飄盪、落實，到處生根。仔細想想，這是套圈圈的創作課了。

考試卷

這輩子不知道寫過多少考卷，丟掉的一定多過沒丟的，然我還是很努力地搶救了三大箱。自己都不明白何以堅持要留。母親常說是有多喝蜜呢。是個疑問句也是感嘆句。沒料到它們在這次翻修過程，又倖存下來了。

絕對是喝蜜。歷史最久一張是小學四年級上學期第一次段考的數學試卷。我坐在第一排第二個位置。天啊，我也記得太細太Detail了。紙質如今皺褶不說，狀態類似我在圖書館地下室翻閱的期刊報紙，確實也是史料了，角落還有母親的落款簽名。考卷只拿九十二分，那是全班半數都滿分的年代，連老師都將我抓至角落問話？她正色地說：你是不是都沒有檢查。怎麼這麼粗心。

當時的心是不是比較粗呢？不知為何寫作的我心是細膩的，一樣用筆思考，在答題的我卻很粗心。

最常出錯的是數學，至少三次大考整個題目說明看錯，然後一步錯步步錯。小學六年級上學期第一次段考坐在第二排第二張桌子的我又重蹈覆轍。你看就是記得這麼仔細。而且也沒長高。這次分數更低八十六。

然而重看這些考卷，不知為何分數越低看得越起勁。這裡有我以前的字跡，有我拿筆使用數學語言去答題解釋的心路歷程。我以前很怕寫計算題。一直感覺將自己計算過程赤裸表現出來，情境跟操場裸身奔跑極度相像。

目前留最多的是中學時期的考卷，升學主義的年代，天天考試，考卷紙張的印刷量頗為驚人。數學考卷特多，因為整個環境特重數學，手邊現在最多的也是數學。我的建檔分類相當細緻。分類其實也是需要練習的工作。當時錯的題目也要驗算檢討寫在背面。或者買白報紙貼黏其後。白報紙這三字我很尬意，像是白色就是新聞本身。世界白霧茫茫一片，請問你看到了什麼呢？

英語考卷的數量其次，還跟講義混在一起。這裡也有我們表達世界的各種嘗試，漢字之外的世界到底有多遠？記得初學二十六個字母，我寫的最醜的是O、B、Q、D、R……漢字結構沒有這種帶有弧度的寫法。所以有人就把O寫成口，把B寫成日。有弧度的漢字是什麼呢？有弧度的造詞是什麼？有弧度的造句、作品呢？有弧度的文學可以是什麼？我們對於文學的想像越來越寬廣。

所以我喜歡寫英翻中與中翻英。因為答案是開放並不固定。是不是當時我就知道翻譯與寫作之間的奧義。臺灣作為語言混雜的移民島嶼。練習翻譯就是練習寫作。在有限的語料字庫之間去試探知識的邊界，轉譯並且銜接兩個以上的世界……總讓我想到近海深海的警戒線。紅白相間的浮標線。字身熠著熠著。這些考卷都是我未竟的課業，而我需要的會不會是大陸棚。語料的沉積就在這裡。文學原來是地理。

猜想這些考卷還要留在身邊多少年？我是回來補修與重修，心態卻是個新生。不知刻正的我，算不算還是個粗心的人？

只是時常動心起念製作自己的資料庫，一個人也有自己的大數據。首要目標當是照片、唱片、考卷、錄影帶、賀卡、無數的筆記……平面資料最好拍照掃瞄，與影音檔案收納於電腦硬碟。這些哩哩叩叩都是寫作的喝蜜。而我曾是這些那些喝蜜的一部分，或者喝蜜讓我的形貌無限延伸。

它是什麼滋味呢？文學根本沒有消失，它只是走得比較前面，我們要趕快跟上來。

鴿子粉紅色

最早從老家三樓壁櫥搶救下來的擺物，其實正是這隻粉紅色的鴿子，鴿子造型的陶瓷盆栽，大小剛好適合捧在手心，如果真有生命的話，體型應該就是出生不久的樣子。它的出現時間已經不可考，年紀可能比我還大。多年來賽鴿直是家中大事，據說是民國七十年代某場賽事的禮物。

搶救下來卻不知放在何處，然我明確感知它的重要性，也只是將它擱著，擱在高處的下場就是敵不過小年夜的強震，鴿身多處擦傷損毀。

這隻鴿子是粉紅色。是不是很療癒呢？一直以來，鮮少靠近家中鴿舍，無論蓋在厝尾頂或者田中央，自然也就識不得任何一隻賽鴿。每次聽起父親談論鴿的種種，總是非常詫異於他的好記性。以前父親甚至幫鴿子拍照，每隻都是麻豆身姿，好像還會看鏡頭；當然就替牠們號名字，名字都是描述性的：白灰的、黑身的，有時便以腳環號碼替代。這是一個我永遠無法加入的話題，但我擁有一隻粉紅色的鴿子。它的手工並不細緻，眼睛並不有神，雖是瞪大了眼，感覺就像死物。

粉紅色鴿子曾經到過我的生命呢。民國八十幾年，大哥與我短暫同住三樓，當時學校正在教授自然科學，我就實作練習拿它來種綠豆。以前用棉花沾水就是培養皿了，這次卻是用土栽培。我騎單車去了一座蓋有鴿舍的果園。土是我的嗎？或者別人也得以來挖？獨自蹲在田中任何一處的我，這麼想著，這麼挖了一袋土。然後裝在粉紅色的塑膠袋，回家小心翼翼倒進鴿子肚腹。我想讓它活起來。

而且也只種一粒綠豆。一節手指的深度，沒有告訴任何人。擺在三樓臥房會沒有日曬，所以我就把它移到神明廳外面的小陽臺。這樣粉紅色鴿子也算是出來見世面了。每天下課我來陽臺掌握它的生長進度，也許田裡的土壤特別肥沃，或者是我的勤於照顧。粉紅色的鴿子身軀，一段時間過後，直挺挺地冒出了一株綠豆，脈絡特別粗實。因為孤枝，尤其顯眼，兩枚葉片像發條。這畫面怎麼看都像一則童話故事。

然而現實有時比童話更童話，不知綠豆長到最後應該怎麼辦？結束原來是需要學習的。孤枝的綠豆對著孤隻的鴿子對著孤身的自己。民國八十幾年賽鴿事業漸漸收尾，輸贏不曾過問。這是家中一個我永遠無法加入的話題。而我開始在學業功課猛進突飛，並且來到二樓，擁有單人房間。粉紅色的鴿子是我的吉祥物，最後竟被我忘在神明廳之外。

後來是誰把它移回三樓壁櫥的呢？大概也是看重它的外型實在可愛，或者關於鴿的種種事物，之於我們總是多了一份情緒。聽聞三樓即將重建，第一時間我就將它搶救下來。粉紅色的鴿子陪著我們走過二十幾年。不知為何看上來也像老了一點。它的年紀確定比我大。文章寫到此處我才明白，它填滿了所有關於練飛與競賽的往事。是所有來過與離去的鴿隻的一個化身。今天開始它是我們家的吉祥物。這是我的鴿子粉紅色的故事。

節拍——

喜感的深刻2016

發現約莫七歲左右的照片一張，極喜感，判斷七歲是因正在換牙，相中的自己感覺說話會漏風。這是父親員工旅遊系列，地點不詳，應該是某公園或某水庫，或者公園混搭水庫的新型風景區。我的身後是一座大水壩。那趟旅行記住的不多，目的大概是臺東，可以確定的是攝者是母親。

當我年幼，她熱衷於將我打扮得超瞎趴。（印象有次要到臺北榮總回診，造型是全身迷彩阿兵哥風。）剛剛我把這畫面當靈異照片仔細分析：天啊，這站姿是怎麼彎出來的！是大家樂牌支號碼的隱喻嗎？以及亮點大概是手上的孔雀藍小提袋，太騷包了，我擁有過它。裡頭裝的是四色牌，晚上大人要玩的。

我確實擁有過它。如同擁有許多家族枝葉、記憶網路、文字符號、時間空間……我擁有我自己，氣根、觸鬚、植被。

其實二〇〇五年負笈中部念大學，算來我已經離家十一年，十一年內去過多少地方呢？整整寫了超過百萬字。刻正即將三十歲。文字書寫帶我來到這個地方，我才發現知解世界的角度已經改變。如同現在的老家不是老家，它是交織於想像現實的複數所在；現在的自己是更好的自己。我喜歡我目前的樣子。

時序進入二〇一六之後，不知為何我常想到「深刻」二字。對照而出的字組是「時差」。戰前戰後文學作品對於時差的討論相當豐富，我自己也身在時差的隙罅之中。「深刻」可以是個答案嗎？從「時差」到「深刻」，我很好奇它會帶我到哪裡。端詳字面「深刻」它是空間概念，其實也像時間詞，像童年一腳踩進田中泥淖的自己，不知為何我總笑得像尾花枝，而且不怕苦不怕髒，我的身體像是插枝求活的一枝筆。

抵達臺北邁入第七個年了，出書進入第七個年，是時候重新整理自己，我猜想就是二〇一六。一五到一六的跨年夜，租屋處擠滿了朋友，他們從不同課堂匆忙離開，帶來不同的簡單吃食，我們不只是學生，老早就是成年人。生活曾是沒有指針刻度的鐘面。刻正我們努力向前，而富閔你千萬不要怕。

想起跨年傍晚整理混亂的居所，像提前為終將襲來的巨大告別整頓行囊，整間屋子都是我的行囊。我一直在整理，不斷在籌備，努力學習說再見。踟躕不前難道只是信心不夠嗎？富閔你知道該往哪裡走，想寫的書、想做的事是這麼的多。

跨年傍晚，突然也一隻喜鵲空降陽臺，牠迷路嗎？牠想告訴我什麼？牠上下起落鼓著翅膀，同時發出軋軋聲響。貓與室友一起奔至窗臺，我也跟向前去，隔著大窗我們對著眼前畫面看得發呆。如果這是二〇一六的隆重開場，希望牠是捎來了一個祝福的兆頭。

說明——

颱風的剩餘

需要上班卻不上課的颱風假，剩下祖母與我在家，白天完全不見風雨，我還打著大傘在路上走晃。颱風天獨有的空氣分子，有面廣告旗幟似乎騰空躍起，最後捲在電火線上。我悶得打發時間，卻不敢輕易轉開電視，聽說雷公專打颱風天的電視機，從小以為這是一則民間傳說。

颱風將臨前夜，電視新聞密集告知全國百姓颱風行徑線路，客廳一時就像視聽教室，大家神情專注，我們都在八點檔廣告時間猜測會不會放假，帶著忐忑心緒進入眠夢。早上六點在電視機前面守候由下而上冒出的跑馬燈。這畫面大概現在不尋常見了。好幾次校車都要抵達，放假縣市才宣布嘉義縣市，外面風雨漸趨緩和，心想什麼時候才要輪到臺南縣呢。

那時臺南還是縣級單位，獲得某個縣級獎項，曾經去了頑皮世界和陳唐山合照；那時客廳還有一張公務用辦公桌，是母親用來做手工的小平臺，同時也是我放學操作功課的書桌。每個抽屜都放著毫無秩序的證件舊物紙張。都是臺南縣時期的資料。颱風假時我將所有抽屜拉出來看。判斷一時半刻無法整理，又一抽一抽推了回去。

憑空而出的颱風假期，白日客廳如同暗櫃，替自己開了日光燈，誰說白天不能開燈呢。同時煮了一碗鯖魚泡麵，小心翼翼端到辦公桌配報紙影劇版吃著。我從小吃東西不太敢問長輩要不要吃；但去哪玩總會順口邀約一下。颱風天祖母吃前日吃剩的菜豆粥，這粥我是吃到會怕，我已先拒絕了她。同時她看著我的泡麵兩眼張大，我才感到一點羞赧，好像自己吃得太好。

忍不住打開電視想要了解各地災情。螢幕分割現場畫面，主播與記者的連線時間總是慢了三秒五秒。不知為何那三秒五秒於我才是真正的即時連線，我且特別注意看著記者身後無端被攝入的行人、建築與車流。停班停課的跑馬燈繼續從下而上貪食蛇一般滑上來。轟隆雷聲東西南北，交錯大閃電小閃電，祖母與我一起瞪大雙眼，彼此對看。這時趕緊將電視關上，畢竟電視壞了我們誰該負責任呢。

起伏——

海拔以上的情感

臺灣大道轉新興路的路口，有個不起眼的公告欄，上面印著東海別墅的區域分布。就是那攤薑母鴨走出來的彎角仔，每次經過我都駐足看它很久。

這面公告欄至少十五年歷史，甚至更久，上頭標誌的店家地標許多都不在了，大學城做生意特辛苦，何況這地方是半山腰。我盯著地圖看到出神，原來相思林接東別的三不管地帶，曾經叫做「西門町」？名之為「狗尾雞」的一片綠地是哪裡？我賃居的一弄三弄叫「學生寄宿區」，彷彿是校地的延長。

這個四面被中港路、東海大學、臺中工業區、遊園南路圈起的不規則四邊形，它的稱呼也是不規則的，它隸屬龍井區新東里；遊客叫它東海商圈、東海夜市；在這念書我稱它東別，不管如何都是大度山的一部分，而我曾短暫住過三年山區。

初到東別的某個晚上，坐在系上學長機車，一百五十CC，車是借來的，那個學長沒有駕照，我有駕照卻不敢騎車，剛到外地念書，保留住家裡的心態，夜間出門就有一點罪惡，很怕媽媽突然來電。我們三弄二弄打轉半天，說是為了拜訪租屋在一弄的學姊，當晚要去哪我忘了，不外乎新鮮人的夜唱夜遊，印象中東別到處都是車：機車、汽車、公車，以及與車爭道的行人，我們甚至差點擦撞一個婦人。回想那個夜晚，多像之後三年東別故事的一個隱喻，三年我換過三個居所，經歷不少人與事，大概受過傷，卻都在一二三弄徘徊，繞不出地圖上的學生寄宿區。

東海大一新生規定住宿，大一下的春假就開始找房子，可見我有多想搬出來住，當時考慮大二學分不少，所以只在一二三弄，我把看屋心情都寫在無名小站，每天幻想如何布置，還有同學留言回文，要送我二手書櫃。一個最直接的感觸是，從前住的臺南山區地名非常單純，就是某村某鄰某某號，東別多的是說寬不寬，但也能通貨車的巷與弄——巷與弄的差別在哪呢？首次租屋沒有經驗，心情雀躍是肯定的，大家族致命點就是空間少，而我要的不多，只需五坪，太大我也不知擺什麼，自己的地圖自己畫，書寫此刻我仍忍不住笑著，我真的好興奮。

那是二〇〇六年，綠色執政，我大二，住一弄底公寓，一弄底是至高，我還住在最高的六樓，笑稱海拔上升一百公尺，溫度就要下降零點六度，而這裡確實冷，冬天從臺中港送來的海風直抵我的窗口，凍得全身顫抖像起乩，還跑到四季百貨買一條加厚棉被。然住六樓就是因為這窗，以及窗外的一片草原，那禿的土地，露出紅的紋理，我才知道臺中的土是紅的。更遠處是遊園南路，有成排透天厝，鴿舍與電線桿。靜的時候聽得到鄰里廣播，我下午在屋內上網，每次聞到油煙味就感覺在臺南，或許這才是我挑中此屋的緣由。

課也排得非常滿，超過二十四堂，活躍系上大小活動，開不完的一籌二籌會議，迎新、書展、進補、宿營。開始嘗試寫作，在系上辦的文藝營拿到第一個首獎，下定決心想考臺文所，大家都來勸阻，誰都擋不了我。其時東海、靜宜以臺灣為名的研討會甚多，我像趕集四處蒐集論文手冊，最流行的議題應該是認同與記憶。當時身兼系刊主編，得在六月生出一本《東海文學》，我就在那六樓小房間編完一百二十頁，那期的主題就是認同與記憶。

忙碌的大二生活沒有多少時間「記憶」，甚至記錯續約時間，房間已改租他人，我也不慌張，剛好希望自己每年更換居所，多多體會山居生活，發現三弄尚有間空屋且在二樓，並是新屋出租，連夜包袱仔款款就喬遷了。

我常想大三之於大學生活相當關鍵，同學紛紛在大三補公職，三弄與中港路之間的臺糖大樓有幾間補習班，我常去逛那邊的若水堂；我也在大三準備研究所，修習教育學程，報名當時很夯的華語師資學程，把自己塞得更滿更忙。這時很多人也會消失，只在期中期末考出現。最主要是課變少，團體活動少，時間變多。課堂上我活力四射，下課回到只剩自己的別墅，一個人穿破背心運動褲在大度山晃蕩，真心希望暫時不要遇到任何相熟的人，一個人獨享一座山，感覺花時間織想晚餐內容都是天大幸福。

那時我喜歡吃一弄的當歸鴨肉店，它的量不多適合一人獨享，滷味尤其驚人，每次看老闆將豬皮夾進白色小碟，然後用俐落又精準的刀工將它剪成條狀就像特技表演，那豬皮不得了，大家都會點；也常吃二弄的冰窖，這間是大學生的最愛。冰窖賣冰也賣熱食，冬天推出壽喜燒，夏天專吃香蕉冰，吃到成為老主顧。店老闆是超熱情歐吉桑，關心學生起居，也照養幾隻流浪貓。他每年在這山城迎接一批批新生，也送走一批批舊生，我離開東海還特地去道別。

大三那年我滿二十歲，不再頻繁回家，戶頭永遠不超過一萬元，想賺很多錢，於是更密集閱讀寫作，參加各文學獎，從校園比起，然後縣市獎，東海別墅隸屬臺中縣龍井區，所以我就乖乖參加臺中縣文學獎。寫作動機很簡單，我就是要養活自己。同時意識到大學生活所剩不多，沒課下午我就騎車四界去，對於探索臺中有股難以言喻的熱情。

有時走海線，每次騎經往靜宜的路上，風日好、視野佳可以看到海，我想去追逐那海，最常去高美濕地，然後梧棲、清水與大甲，從前發現梧棲兩字讀來特有畫面，後來看郭松棻〈月印〉，文惠和她母親就是疏散到梧棲，更是增添它的詩意；每年發願參加大甲媽祖遶境，在網路下載遶境路線；那陣子喜歡到靜宜蓋夏圖書館，這裡書多位置多，總是能挑到滿意的角落。

也下山往市區鑽，通常是晚上，我在龍井遇見生命中第一片夜景，站在東別口的天橋上看到呆滯。我應該是要去逛書店，臺中書店不普遍，最常坐統聯公車到中友百貨的圓形誠品；也去公益路口的諾貝爾書城；福科路金石堂剛開；逢甲墊腳石書局還在，我常先逛完隔壁大眾唱片轉來看免費的書。日子正值〇八年總統大選，我買了很多本政治人物的傳記，幾乎都是代筆的他傳，我對於他們的精神養成抱有高度好奇。

當時社會景氣低迷，大家都在放無薪假，還特地回家領消費卷，隱隱然感知就要出社會，怕自己失業，於是拚命找事做，極度忙碌換來極度空虛，情緒坑坑撞撞。家裡沒念大學的人，一切無例可循，自己的大學自己念；周遭只有我一人考臺文所，沒有討論的夥伴，還得面對質疑。我活得好用力啊，用力到呼吸困難，焦慮難安，不明白用力也有分等級。

在最最艱困的時刻，我又換了住處，苟延殘喘，大四改租一樓。越住越靠近地面，就像住在三合院，我的書寫也越來越靠近這塊土地。新的居所還在三弄，修課只剩個位數字，這時我對臺灣文學的熱情完全滾起來，掃射所有論述著作，作家作品能看就看，還做地理踏查，就怕跟不上國立大學學生。生活作息非常規律，幾乎是獨居，有課上課，沒課念書，通常念到晚上十點騎車吃宵夜，從三弄下到新興路，然後一路向上爬升覓食。

記得一個夜晚，大度山水氣濃重，氣溫偏低，學生放寒假還沒回來。以前我們笑話哪天東別終將下雪。東別從不下雪，當晚出門騎到新興路，卻驚覺整個東別在起霧。我看得發癡，兩邊行車放慢速度，店家全失去面目。我將車燈打開，緩緩向前，能見度只有一公尺。

海拔不斷上升，大霧濃得更濃，霧帶順著坡度向下襲來，這時車流幾乎停止。前方疑似發生交通事故，鳴笛聲自四面八方傳出。我頭也不回往霧心騎去，騎向海拔以上的以上。我知道大霧散去，明天一定是個好天氣。

狀聲詞——

辛亥路的故事

一直覺得嗩吶鑼鼓沒有停止，以為自己仍走在辛亥路，嚴格來說是辛亥的二至三段，亦是我所就讀的校園的一個部分。一直懷疑嗩吶鑼鼓聲響是從南方家園一路跟我來到了辛亥路。

從小熱衷婚喪喜慶場合，百分百廟會狂，喜歡廟會卻更加迷戀葬禮，或者吸引我的是這些那些敲敲打打的聲音。我時常跟隨不知名送葬隊伍，單車在山村鄉境，偷偷摸摸跟著走一段路。不同隊伍牽引著我的竟是相同聲音：開路鼓的聲音、牽亡歌的聲音、十人樂隊的聲音、孝女白琴的聲音、嗩吶八音的聲音，更多的是嚎哀啼泣。

我的落點臺北，是從辛亥路的研究室開始。二〇〇九初來，在諸多南部少年北上求學的故事模型，我的沒有比較特別，然而讓我安定了心、落穩了腳的，竟是辛亥路不時傳來的送葬聲響，它像是迎接我的背景音樂，將我如同引路的幡旗鉤醒上來，豎起了冬季的衣領；將故鄉曾文溪邊的菅芒花海，兼之以上種種的聲音符號複製貼上在我的盆地。有時一個整點四五團，一天總共十來團的經過我的窗口。真多麼讓人安心。

多麼親切、悉熟的旋律，讓我直覺這天一定也是個好日，好日子就該有好的心情。辛亥路原是我的農民曆。

我的落點臺北，自然也是從辛亥路結束。辛亥隧道口大安分館算起，一路道藩分館、臺大法圖、臺大社科圖、數學系圖書室，諸多不知名的閱覽室……它密密麻麻沿著辛亥路兩側生出了建築、給出了書庫，我是不是來到全臺北最安靜的一條路。時常到大安分館，網路資料顯示說明，館藏特色禮俗，多麼巧妙的連結；時常在書區穿梭，聽到耳岸鏗鏘作響。辛亥二字於我而言實是一組狀聲詞。如同颼颼、淅瀝、濺濺、嗶剝。我的臺北故事若能講起，也是因為我對辛亥重新造了字。讓我有了屬於自己的聲音。

於是想起了〈臺北今夜冷清清〉。夜晚離開研究室從辛亥路轉基隆路，高架橋疾駛車流，路口籃球場，場上男孩運球的精實身影，往前再走一段就是二殯。時常羨慕季節交換之際，總能引用詩詞聊以述說衷情的人，在我而言就是流行音樂，而且是臺語歌曲。此曲來自上世紀末紅極一時歌唱節目：《二十一世紀新人歌唱排行榜》。播出的頻道是三立，記憶中的三立不在29與30，鄉下第四臺，它跑來跑去。我在這個節目看過孫協志、孫淑媚、方順吉、翁立友、秀蘭瑪雅……主持人是澎恰恰與馬妞。節目分成許多組別，星期六是校園組，星期天是兒童組。我聽到的〈臺北今夜冷清清〉是兒童組的一名女孩演唱，記得歌詞其中一句：路燈也講無看見。描述身在繁華街頭，茫然四顧，場景就像我所身處的辛亥路。

曾經我是愛歌唱的鄉村男孩，長成於卡拉ＯＫ進駐家庭客廳的年代，我們老被安排要在電視機前，落落大方地替遠道而來的親友獻唱，自己的舞臺自己搭，不夠高，所以就拿一張矮凳。我唱的歌都是看歌唱節目學來，最常唱〈臺北今夜冷清清〉，那幾年我也頻繁搭乘野雞車連夜北上，因著身體不知名的病痛，跟隨雙親走入遠在城市邊境的石牌榮總，沒有發作我如正常孩童，病痛起來腹肚會腫脹像鼓。我們三人偶爾偷偷摸摸逃離森冷病院，無聲無息，搭上計程車來逛臺北市。來到鬧熱的街，鬧熱的街，鬧熱的街市……我們是不聽話的病人與不聽話的家屬。去了已經消失的臺北市立棒球場，現在的小巨蛋，趕緊搖下車窗，場內球迷的歡呼因著球場地形來回撞擊加大，然後打電話回家給留在臺南老家的大哥。我很努力地描述那個聲音，大哥才是資深棒球迷，卻發現自己無能形容那個聲音於萬分之一，那時心中的落寞於我才是真正的冷清。

我們白天也有經過辛亥路。經過此刻我所立足的街口，是不是也有遇到一支送葬隊伍？尖而拔高的鑼鼓聲響，讓人摀住雙耳不敢聽，同時摀住雙眼不敢看。當年的我是不是已經看到現在的我？他想要告訴我：病很快就會好。會來到這裡念書、戀愛，這個地方其實並不冷清，它更像後來我也愛唱的競選歌曲〈臺北新故鄉〉描述的：街路清氣，溪仔魚，逐工出門不嘛氣……

詹宏達的曲，路寒袖的詞，不知為何二十世紀末的競選歌曲總聽不膩，尤其是一九九四年的〈臺北新故鄉〉，候選人正是官田外家同鄉，小學四年級，聽聞後來當選市長的他光榮返回祖厝，奮不顧身推開廟口人群，只為了握到手，我真的握到了，沿路尖叫地向母親炫耀，眾人還要我不能洗手。多少日子的週末早上，我在外家看著小舅留下的街頭抗爭錄像影帶，立院質詢的聲音資料，他到底是從哪裡拿來的。

小舅為數驚人的書籍資料與日記資料之中，間接拼湊而出他的生命形狀，其中一張照片，他與一干人手牽手平躺產業道路某個路段，沖洗出的畫質上頭還有奇異筆塗鴉，像曝光，而他的粗框眼鏡，額頭綁著布條；另張照片，背景不明，不知為何我感覺就是臺北，他雙手交叉胸前，背後是個廣場，廣場畫面恰是一個散場畫面，他站得端端正正。然而最多、最多的是錄音帶，錄的竟是候選人政見發表，明明臺南選民，卻蒐集臺灣各地的選舉音帶。數量又特別集中臺北，如果我將它一一播放，將會聽見什麼聲音呢。存在於政治宣言的臺北想像，疊合、轉折地從上世紀來到了新世紀。誰告訴我這又是隸屬於第幾次元的臺北盆地。臺北新故鄉究竟在哪裡。

我後來在YouTube找到了〈臺北新故鄉〉。仔細端詳畫面，試圖辨識出那個我尚未到訪的陌生城市，當年競選隊伍是不是也有繞過辛亥路。其中一支送葬隊伍剛剛與我平行共存。一九九四年的臺北是什麼模樣呢？造勢晚會的旗海，伸入街路神經的車隊……藏身在煙霧迷漫之後，剪輯之下的臺北鏡頭。從小跟隨父親出席各種造勢場合，在激情的吶喊咆哮之中，我幾乎聽不到自己的聲音，自然也聽不見旁人的，分明是高分貝的現場，不知為何眼前只剩下不斷開闔的唇形。

一直覺得嗩吶鑼鼓沒有停止，一直以為自己仍走在辛亥路，或者辛亥路只是故鄉村路的延伸，辛亥路摺疊著我從過去到現在的故事。而我還有一件關於〈臺北sayonara〉的小事。

〈臺北sayonara〉收錄於黃乙玲一九九八年的臺語專輯《感謝無情人》，那真是黃乙玲的神專輯，我手邊有的是錄音帶，當年印象最深除了主打歌，其實是〈radio的點歌心情〉。還沒來到臺北的我，自然聽不懂告別臺北的心情。聽見〈臺北sayonara〉是在辛亥路研究室，畢業生每年來來去去，而我是不是就要走開，走開這條始終得以聽見送葬聲響的辛亥路。〈臺北sayonara〉有段口白，述說臺北五年的心路歷程，每次在KTV我不好意思念出來。口白怎麼念才到位，口白與聲音的關係又是什麼呢。〈臺北sayonara〉講的是北上謀職的女工故事，大概就是我們的母親、姑姑一代的回憶。聽說母親高職畢業也曾搭乘夜車來到臺北，後來因過度想家隔天落跑連夜南下；聽說姑姑們早年都來過這城市奮鬥，後來陸續回到了南部。現在我是家中唯一的遊子，我的版本沒有比較特別，而我就要回到有著芒果森林與平埔牽曲的家鄉，祭祀慶典從不歇止的曾文溪地。

七年前初至臺北，記得我的生活大抵不出辛亥路一帶，幾次實在禁不住好奇，跨上單車沿著磚牆跨過了基隆路，往隧道口的殯儀館靠近。一直懷疑嗩吶鑼鼓是從南方家園一路跟我來到了辛亥路，它們會是同一支隊伍？或者童年的我始終沒有消失，老早就站在辛亥路等我，而我們以送葬的哀音指認彼此。

一直以為自己仍走在辛亥路，或者辛亥路只是故鄉村路的延伸，辛亥路的故事摺疊著我從過去到現在的故事：冷清的夜街、新故鄉的想像，家族遷徙往事……我的辛亥路是個狀聲詞，這次換我輕輕地閉上眼睛，試問自己聽到了什麼聲音。

同步——
美國時間 2017

五月底母親突然來電，熱噴噴地告訴我，說是換了一支智慧型手機，並且已經下載了賴，直接點名：要我加她。口氣很是驕傲的，像人生向前跨了大步，我聽了不斷笑。其實我一直沒用賴，沒用賴這件事在我自己很尋常，卻總被親戚朋友投以驚奇的目光：「為什麼你都沒回呢？」、「我根本沒有下啊！」自己說不出所以然，這次真正上線之後，才發現原來我脫隊落單太久，全家族都已等在賴裡。

落單多久了呢？其實我也無從數起。現在全家重逢網路世界，於我算是新鮮的體驗，以吊車尾方式與大家連線：大哥、堂姊、嬸嬸……全部各就各位。如今交手的是母親，我突然有點慎重其事，就怕沒有準備好，該以什麼面目跟媽媽相會？要放哪張照片當成大頭貼？只有送出表情符號，會不會誤會是假帳號？第一則訊息能寫些什麼？我知道母親手機技術畢竟不太ＯＫ，為了讓她確定茫茫網海之中，前來投懷送抱的是她的親生兒子；也或許是我習慣性地愛撒嬌，毫不考慮我就按出了五個字：媽媽我愛你。

一直沒有顯示已讀。

我急著撥了電話回家，才知道手機落在兩個念大班的堂妹手上。兩個堂妹是雙胞胎，跟母親相當親暱，白天上學吵著要母親幫忙梳髮綁辮；晚上則是賴在我家客廳看八點檔，更多時間她們搶著玩母親的手機，七歲很能用了，與我猜想的一樣，母親的賴正是堂妹安裝完成的。

很快地顯示已讀了，接著就是轟炸一般的連環貼圖，我幾乎無法分辨手機那端是誰在操作。由於母親帳號的顯圖，仍是預設的人形肖像，我一邊打字要她換張照片，一邊想著這個功能太難了，必須有請兩個妹妹。這時突然飛來一張母親的半身影像，是她坐在老家長椅、身著居家服飾的樣子，背景當然沒有構圖，沒有修圖，採光不佳，得以清楚看見頗為凌亂的客廳。

照片是什麼時候拍的呢？不知為何兩個堂妹爭先恐後地要幫母親拍照，這畫面想起來就很想要掉眼淚：平日是她們與母親作伴，讓身在異地的我安了點心；而母親願意靜靜地聽令不諳拍照的堂妹指揮，不就是我從小到大她給我的教育方式？她總是百分百地相信孩子，很放心地把自己交給孩子。

我傳了訊息，心情有點複雜，說照片不好看哪，下次回家幫妳拍。母親又按了半天的訊息，只擠出一個字：好。

也一直沒有幫她拍。

接著隔了一段時間，賴又如同老家幾塊拋荒的田，消失在我們的日常生活。直至八月底出發來到美東，荒廢已久的通訊軟體終於派上用場。因為兩地時差約是十二小時，通常臺灣時間早上七點，美國東岸晚上七點，我們就會同步視訊。

不知為何，隔著螢幕的故鄉大內總像罩在霧裡，可能清晨的山區溪邊是真的起了雺，母親與堂妹三人有時塞在鏡頭之中，有時螢幕顛倒了也不知道。物理的距離真正影響心理的距離，我們說著電話都超級大聲，就怕沒有聽清楚。

只是收訊總是斷斷續續。聽到堂妹那頭說：「哥哥聲音不見了」，我就用力對著鏡頭揮手；聽到「哥哥又不動了」，我才注意鏡頭內的媽媽也不動了，不動了怎麼辦呢？可是聲音一直在進行，前一句話疊著後一句話，分不清到底說了些什麼，每次過程總是亂成一片。

今年是我獨自居住的第十年，今年老家將有不小的改變，今年之於我的寫作也是轉折的一年。不知什麼時候我才能回到南邊，與你們真正團聚，然而離家十年，至少此刻終於在雲端與你們同步相遇。

鬧廳——

超高清失散隊伍

曾祖母守喪期間留下不少紀錄文字，全被母親齊整收納，放在透明封夾。作為孫媳的她可以說是這場葬禮維繫事項的關鍵女性，讓人不得不臣服於她料理家務的過人天分。

二〇一八年六月的一個午後，我在客廳無意之間翻出這筆資料，出於寫作者與研究者的雙重身份，我知道曾祖母找上了我。我的心情有點激動，告訴自己冷靜逐一檢閱，不想情緒轉移陷入回憶不可拔出，卻也明白是遇到了天大的題目。這些資料詳細記載當時的出支開銷、奠儀數目、各種做七的祭祀規範。手寫的複印的抄錄的，通通留了下來。

現在被我拿來講述故事的這張價目表，顯示了當時流行的陣頭與行情，每團最後我們都聘請來了，好大的手筆，部分甚至一次聘請兩至三組。並安排出殯前日進行完整表演，一路從日場做到暝場，山區馬路完全封街，還流水席煮宵夜大家吃。

我的二十一世紀所以是起始於曾祖母的葬禮，她是在中華民國八十九年一月三日出殯的。大哥與我手提大紅燈籠走在曾文溪邊產業道路，跟在後頭正是來自各家資助的民間陣頭，以及陣頭之後的禮車靈柩與子子孫孫。

我的寫作並不依照表演流程，也不沿用當時隊伍排序，主要考量現場永遠都是混亂的，然亂中有序也能合乎禮儀，大概比較能夠呈現我的心情。除了下面撰寫的陣頭，必須說明還有布袋戲一團、吉普車一輛、相車一臺等，其實當時有人建議是否要替曾祖母的葬禮錄影，有人同意但有人不同意，想來覺得可惜，但是大家都沒忘記，如今鄉間親眾談起仍是津津樂道，我的記憶則是堪稱超級高清。

電子琴

中午一點不到，花車緩緩停靠我家門口，尚在客廳歇息的祖母說：電子琴這呢早就來了。今天是出殯前日的做場。大哥與我跟著視線往外看去，面面相覷，我們都是初次體驗，表情有點僵掉，內心覺得怪怪的。安置騎樓的喪棚早已移開，花圈花籃全部移走，這讓原本遮掩的靈堂完全露出，路過的行人車輛，也就得以看到曾祖母的超大棺木。大家開始裝忙找事或者躲藏起來。花車司機兼助理牽起了電線，負責哭唱的白衣歌女不知何時披上頭披，她問了一句至今我仍不敢忘記的臺詞：請的人跟我來。她的意思是：出錢聘她的跟在身後。這團乃是堂姑隊伍合資，她們是曾祖母的內孫女，四十年來嫁至臺灣各地。當天提早回來的兩位堂姑披了頭披跟了上去，此後即是大家熟悉的唱與吟與哭。白衣阿姨不知唱了多久，領著兩位堂姑匍匐前進，兩位堂姑我不常見，當然更沒機會看到她們跪姿，氣氛隨著麥克風音量加倍東南西北傳開。祖母拉著矮凳坐在騎樓，全身重麻待命，我拉著另張矮凳坐在她的身旁，頭顱慢慢歪在她的臂膀，這場孝女白琴可說隆重且震撼地向我開場。做場日是星期天，隔日發引，我已提早向天主教會學校請假。

大鼓花

大鼓花括弧小字寫著大人，顯然就有孩童的大鼓花陣。此種陣頭廟會常見，記得從前大哥與我在三樓加蓋小型客廳看廟會錄影帶，影片多段特寫大鼓花的表演，除了陣式，還有特技。搬來傳統長凳，臺語發音接近伊瞭。然後層層疊了上去，接著一名女子從高處下腰，倒立，身子慢慢向地面靠近，這時原本用來敲打的銅鑼平躺地表，上面備妥無數百元鈔票，透過畫面我們兄弟看到身體已經完全倒掛的女子張嘴咬起了現金，最後平安無事，毫髮無傷，安全落地。大哥與我看得目瞪口呆，以為做場日將會親眼看見，未料大鼓花是出殯當日才到現場的，印象中就在公祭會場外頭，衣著色系較為樸素，但是鑼鼓聲吆喝聲還是相當精神。因我四處跑來跑去，沒有注意是否出現咬錢戲碼，聲響交錯更加豐富，我們說話為此都要側耳，否則就是拉大嗓子。不知道大鼓花是誰聘請的，越靠近出殯期間，越多人前來認領陣頭，有些陣頭禮數上由家人負擔，有些則是親友贊助，消息漸漸傳開後，曾祖母喪禮又堪稱吾鄉大事，好多人都來問還可以請什麼，除了致意致敬，多少也有刷刷存在感的意思。送葬隊伍每輛車前都須清楚貼明是誰出資，母親與我寫了好幾張紅色紙，拿到各種陣頭的車頭，用封箱透明膠布貼得超級牢固，才發現用的黑色筆太細字，根本看不清楚，母子對看一眼，有點心虛，混入人群，趕緊溜走。

五女哭墓／五子哭墓

五女哭墓與五子哭墓合併寫，主要是做場日來的也是同群人。我們都對此項陣頭不甚熟悉，喪禮在故鄉的出殯基本搭配就是八音、樂隊與牽亡歌仔，所以五女五子到場我們全都擔心失了禮數，牢記但凡哭爬入堂，需致贈紅包答謝，一時之間，大家圍在騎樓，仔細忖度下個橋段會是什麼，紅包早已備妥。後來發現兩團竟是一組人馬，現場有人說了哎呀！這樣等會不就一個接一個爬進去，紅包發不完啦。中場休息團長前來說明，表示操演有其程序，化解了小尷尬，於是大家放心四散而去。同個時間牽亡歌仔也在拚場，時間稍微重疊一些，家屬全被牽亡歌仔喚去配合，致使我根本聽不清五子五女同場唱念的故事，然而各種聲響交錯在日落時刻曾文溪邊，我家又剛好西曬，新世紀新光線照停在五子五女身上，傍晚子孫又陸續歸來，前來湊手腳幫切菜的人更多了，造成村路小型塞車，彷彿還要起了爭執，我們緊急想起要在遙遠路口設下車輛改道提示。其實請五子五女是有現實考量，曾祖母生後只剩伯公與姑婆替她送行，但她一生據我從戶籍資料查明得證，至少經歷十次生產。五子五女的出現為此添增一分傷感。曾祖母將她的女子一個個生出，也將她們一個個送走。記得隔日出殯回來，五子五女在喪家門口完成五子登科，隨後邀請他們一起共食散宴，這時我看到隔壁桌坐的是孫悟空與豬八戒。

三藏取經

二十一世紀才剛抵達，隨後世界名著《西遊記》的經典人物也跟到了我家。不知為何看到真人扮演的孫悟空豬八戒等過去在小說熟悉的經典腳色，多少也有種遇見大明星的感覺，特別是唐三藏，我忘記出殯當天有沒有安排一頭白馬，而做場當日我引頸期盼的取經隊伍最後沒有出現，輾轉才從大人口中得知原來改排隔日出殯正式表演。其實廟會活動我也看過敷衍西遊故事的西遊陣頭，孫悟空在街上或者搔頭抓癢，或者跑到騎樓偷拿香案祭品吃整路。喪禮現場的齊天大聖好動依然，臉譜下的神情卻有一份嚴肅。三藏取經果真隔日如期上場，要來送葬的子孫親朋圍成人牆搶著要看，這是當日最受歡迎最不悲傷的陣頭了。其中一位遠親女眷但見孫行者後空翻，翻了好高於是喊了一聲好啊！天啊當下我是有被這位太太嚇到。

樂隊13人

樂隊公祭當天扮演重角，他們得適時配上合情合理的音樂，落點精準地替祭祀過程伴奏。記得徵詢是否聘琴樂隊，常是先問國樂或者西索米，通常我們選的都是西索米，接著才問人數的多與寡。樂隊出殯當日才會抵達，並在公祭現場覓得一方空間，成為之後演奏場所。曾祖母乃至後來大伯公、大姆婆與我祖母，樂隊人員全都固定集合鄰居騎樓，有趣的是，多年來我們請的樂隊也是十三人，全隊登場，且都是西索米，而負責出錢則是曾經任職縣議員的老厝邊，以致形成樂隊後來由他張羅的默契，人家都像說這團是他擎的。樂隊演奏曲目也有時代差異，二十世紀的〈感恩的心〉，二十一世紀的〈家後〉，我在現場無暇細聽，沒事也讓自己看起來很忙碌。因為這時兒子女兒列隊公祭現場在答禮了，外場就由我們這些孫輩曾孫輩隨時奧援，我是忍不住偷偷跑到一名樂師身邊，單純只是好奇他的曲譜，後來細想不知有無給人造成壓力，好像派來盯場、質疑他到底行不行。

牽亡歌

牽亡歌仔在影視或者藝文作品被運用的比例並不算低，我也曾經以它寫過小說，也寫過一篇論文探討落陰歌仔冊與牽亡歌小戲的關聯性，然而對它感到好奇其實來自母親。印象中是大伯婆的葬禮做場，母親下班回來聽說牽亡歌仔剛剛結束，大嘆覺得可惜，口氣好像錯過什麼重要節目，無禁無忌尤其增加我的好奇。第一次看牽亡歌表演正是來自曾祖母的大喪禮，它需要家眷一起配合，尤其「目蓮挑經」關鍵儀式，女眷身份尤其重要。堪稱高潮所在。印象中執事者肩挑謝籃走走唱唱，謝籃內裝著小牌位，作為曾祖母媳婦輩的大伯婆與我祖母，以及唯一女兒小姑婆，再加上長孫媳伯母，陸續繞著謝籃跪成圓圈，最後得與目蓮對著謝籃不斷拉扯，我們請的這團實在太會唱了，姑婆哭至差點暈眩，卻不時抬頭對著站看的我們比畫，比畫完又彎身拉謝籃，過程幾欲斷腸。我扯了母親說姑婆在叫呢。因為現場無法聽清她的說話，我又不敢亂入儀式，有個識事長者說要丟紅包啦。唱得太好姑婆想要加碼給予鼓勵。於是不少坐在旁邊忙著拭淚的家眷也跟著投放。這團是姑婆出資的，論理也是女兒要付，作為唯一女兒的小姑婆在曾祖母守喪期間堪稱一大亮點，身子嬌小說話十足有力。她又跟曾祖母長得一個模樣，至今我們偶爾還會說起了她，心中想念可以說也是無禁無忌、無邊無界。

開路鼓

開路鼓幾乎不用討論，它是必備陣頭，唯一要問的是要真人敲打還是放錄音帶。當然要請真人。開路鼓雖是隊伍先鋒，出山那日它還是排在提著燈籠的我們兄弟後頭，我們兄弟之前則是負責挑牲禮的叔公祖，由於送葬全程步行，這下難為了隊伍中的老歲人家，好幾次看到叔公祖沛沛喘。叔公祖的前面黑色越野吉普車，車是借來的，司機是堂叔，上面站一名掌旗手是堂哥，拿著一支寫有曾祖母個資的紅色長形銘旌大旗，掌旗官則由在地消防單位的長官擔任，方帽西裝，有模有樣，其實也是我們家族的內親，要喊一聲的堂姑丈。開路順序大抵如此，或者稍微對調，差不了太遠。因為隊伍特長，加上碰到道路施工，我們前行隊伍常在十字路口等候，這時才發現有臺機車前後照應，這位大叔兩肩並不平衡，卻是家族共同的友人，我們笑說是大葬禮的總幹事，日正當中他來回掌控隊伍速度，想來他才是真正在替我們開路。

八音

我們都說鼓吹。曾祖母發喪之後，他們最早出現。入殮當晚已隨棺木前來，一路護送大厝，敲敲打打。它是一切儀式序曲，結束理當也由八音收尾，印象中是曾祖母送葬歸來，子孫進行除穢儀式之後，原本停放壽棺的客廳不知為何圍著一群老歲人家，原來故事還沒結束，他們即是八音鼓吹隊伍，正在進行最後的鬧廳步驟。鬧廳二字真是深得我心，完全戳到我的美感神經，為此將它設成文章大標。也許喪畢氣氛完全不同，這時嗩吶聽來並不可怕，老實說我小學常在暗夜被送棺的鼓吹陣嚇得魂飛魄散，但也忍不住想要辨別喪家方位究竟在哪。記得以前住家附近半夜送棺，我都偷偷趴在鋁門窗向外瞄；又有一次送棺隊伍剛好碰上夜市，弄得大家不得不看，夜市的喧囂與嗩吶的音聲彼此交錯，棺木極其慢速在路中移動。然而吃牛排的、買燒烤的、打彈珠的埋頭繼續，這畫面太獵奇也太詭異了。

至今我仍在學習分辨八音的構成，而此刻留在紙上的數學題目，它在向我暗示一團一萬兩千八百塊，除下來就是八個人。八個老大人，都是身形纖瘦年紀頗高。有次聽到二爺談起一個八音老友往生，擔心起來日後不知誰來幫他迎棺敲打；又有次看到日治時期歷史影像，畫面中臺灣人的打扮與身形，與兒時見過的八音隊伍高度相似，讓人心生懷疑他們一路是從二十世紀吹奏而來。

實則每當行伍來到八音鼓吹，這時你就知道：載著壽棺的靈車將要登場，道路也會突然變得十分安靜，依序看到鼓吹，接著是道士，原本敲打的音量漸漸淡出，而嗚咽的哭聲漸漸淡入，靈車來了，跟著執幡者與捧斗者，各種顏色的頭批毛巾。日麗風和，曾文溪邊，一支長長悠悠的送葬隊伍。二十一世紀來了。

地號

頭社

東西快速道路北門玉井段、國道三號善化段、曾文溪疏濬築堤工程……我的青少年代同時也是臺南大興土木的黃金年代，幾乎走到哪裡都有破土工程剪綵儀式，到處都有卡車怪手飆行鄉間。我們曾經吸的是風飛沙塵，走的是坑坑疤疤工程用路，而今張眼已是車在空中游走、基座橋墩林立的二十一世紀。

頭社這塊田地在民國八十多年得地東西快速道路，得字要用臺語發音，好像被徵收像是得了獎。我對它的記憶有段頗長時間都在施工中，幾乎不敢肯定是否真正深入走過，主因它是離家最遠的一塊田地，沒有車子是行不通的；好像曾經來此下松鼠，捕鼠籠內勾著一粒黑斑土芒，而頭社種的就是土芒果。現在它有三分之二是交流道，三分之一在拋荒，聽母親說還有一兩棵樹卡在安全島，也就是所謂分割不成的畸零地。我覺得頭社這塊地有意思。

那日我們從旗山內門歸來，從玉井走東西快速道路在頭社急轉而下，母親率隊說要來觀摩父親近日耕作頭社的最近進度。連同還在念小學的妹妹，我們全家站在已經整平的田地，大哥大嫂，母親與我，以及不知即將種下什麼新奇作物的土地，等在我眼前又是一個新的開始。父親近年不停重返舊地，無疑也是努力想讓時間往前推進，人與地都要活下去，而我以字書寫一塊又一塊的地，暗暗跟隨父親身影。頭社雖是快速道路，人車其實不多，頭社這田地特安靜，可以想起許多事情。

大概我念小學五年級，民國八十五年左右，一天午後雷陣雨停，我在樓上繼續推演小說最新進度，可以察覺樓下客廳來了群人。那天早上我們已經接獲頭社田地附近因為整田，怪手作業疏忽不小心也將我們的芒果園一併整了，半世紀的老欉芒果被連根拔起，消息傳到我家聽到直呼不可思議。未料肇事隊伍下午很快就來了。來了群人快十個，為此還跟鄰居借塑膠海灘椅才夠坐，那天現場只有祖母一人，陰雨烏雲讓客廳更顯昏沉。其實頭社那時已沒在做，有人幫你整田，又意外得到一筆賠償，可惜的是那些無端被挖的老樹，連我都不知道是禍是福。這事後來怎麼處理呢？記得那日我先躲在樓梯間偷聽，一心覺得要加入客廳議事，幻想等下會起衝突所以趕緊拿了 粒壘球，至少還有武器可用。可我只記得祖母不停說著少年耶在上班不在家，我不能作主，而對方則不停歪樓說怪手挖掘過程發現你們田地好多蛇窟。好像事情最後懸宕或者和解不了了之，只是如果現場換成是我，又會怎麼處理呢？

小時候每當家人蒙難，確實我是個據理力爭，天不怕地不怕的尾孫，有個辦桌的阿婆時常在背後說我阿嬤壞話，我就在夢中罵她是蕭查某是破麻。其實我不是那麼勇敢，從小不斷退讓的心態教我凡事不抱太大期待，把狀態想到最糟最好，我已有山有水與我做伴，有最愛我的愛人、友朋與家人，以及一生得以追求的志趣，所以我會隨它風中飄零地上拋荒，等你更有能力，我相信我終會回到此地。

快速道路通車之後，頭社田地重新畫分坪數，父親母親種起整區柳丁。沒想到頗有收穫。有次高中時期同學生日，突發奇想將自種果物當成壽禮，帶去學校大獲好評，我帶的都是頭社種的柳丁，每粒柳丁我用麥克黑筆寫下祝福的話，後來陸續送了好幾批，算是最早的文創手作產品。我們家的水果都是種來分送親友鄰人，一則是賣不了好價錢，一則父親母親喜歡大量給予的性地。記得一次我們就在頭社剪柳丁，一人一把利刃，一卡黃色臺仔，臺仔還有標記姓氏是楊，那個早晨特別美麗，草地與葉面仍有重重露水，我沉浸在收成的喜悅之中，忽然路上停了一臺轎車，下來一夫妻一小孩，以及像是小孩的祖母。我看到這陣容瞬間想到，小孩的祖父呢？他們是路過快速道路要到玉井楠西遊覽，以為我們是觀光果園，想要體驗一下戶外摘採果子樂趣就落車了，我們並不見外，立刻利刃臺仔現場各自領取，早上九點的柳丁園一時之間擠滿了人。那個小孩四處觀摩，未來他定會記住這一天吧？一如此刻我仍記得他們身在田中如此喜樂。有時他會跑到我的身邊，我才知道他們來自學甲；有時聽到他們在園中的對談，接下來的行程旅店，三代親子的親暱互動讓人印象深刻。我才知道田裡也可以這麼歡樂。最後他們剪了一臺柳丁，我們當然沒有收錢就當成禮物，現場可想不免一陣推辭，我卻覺得心中已經獲得更多更多。

前幾年我也常獨自騎車經過頭社。祖母棲歇的養護中心就在附近，從家門出發機車行走大概十五分鐘，騎著算是山路，時常與急轉彎的大貨車擦身，至今我仍不太敢騎。祖母曾說以前來到頭社都是徒步，後來興南客運進來了，時常下田暗夜摸黑行走山路，會有好心司機停車開門免錢搭上一段。後來祖母不良於行，而我在山區醫院的木造涼亭與她共享如水天光，問她知道現在住在哪裡嗎？她倒是腦袋清楚地說是頭社，接著問說頭社柳丁還有在顧嗎？答案是沒有。我卻說我不清楚。父親一輩也忙不過來了，但我偷偷告訴祖母父親已經退休，她又側耳低聲問我那有退休金嗎？我點頭笑著應有。頭社田地後來放給他人耕作木瓜香蕉，租金就是木瓜香蕉。後來不租，父親請人重新剷平，一片齊整一片乾淨，然後才是此時此刻我們一行人車，大哥大嫂，母親與我，兩個小妹，不經意地造訪了這塊地。

那日離開頭社，母親向我比畫了幾棵留在畸零地的芒果樹，母親說不只芒果還有幾棵破布子，前幾年開花結果我們還來摘呢。我說怎麼摘呢？車流來來去去。還沒聽到回覆我們一行人已經擠上了車。車上的我努力辨識它們身處的位置，我知道破布子樹一定有話想要向我述說。

行動中——

破布子念珠大賽（搞剛的書寫）

都說破布子的製作相當搞剛，成本不低又步驟繁複，需要的人手很多，那麼書寫破布子是否也是一種搞剛的藝術呢？有時懷疑正在形成的兩本故事就像是我一個人在做破布子，可以是蔭油破布子，也可以是餅狀破布子，然而行文內外總是此中有人，如同破布子獨立製作顯然太難，於是有請大內楊先生十二位湊湊手腳。

騎樓民宅開始出現製作破布子親友團，時序已經來到夏日，搞剛的故事需要簡單的書寫，不知為何記憶中的破布子永遠是孤樹：大溝、大西仔尾，都僅種一棵，顯然不曾當作重點作物。印象最深的一棵本來當成進入頭社田地的路標，因著道路開發又重劃，如今形單影隻生在畸零地上，看起來就像沒人要，而它相當爭氣年年固定生得纍纍。有次我們開來貨車，因是快車道路，乾脆站在後座人工摘取，一有來車催逼就趕快閃人，弄得很像我們是用偷的。這棵孤樹完全刷到它的存在感，讓我們無法忽視它，可以說是搞剛中的搞剛。

記憶中關於破布子的畫面總是一群人，這也是我喜歡破布子故事的根源所在。製作工程本就浩大，總是引來一群鄰居親友，有時小孩也會幫忙來捻，記得我的同學有次自動自發前來助陣，她說我家阿奏不久前幫過他們家，同時用了一句生活與倫理學來的名言錦句：助人為快樂之本。這話我已多年不曾聽到，如今想來破布子的故事即是一種生活與倫理的實踐。有時看到人家在做，閒閒卻又不想捻，那日我就躲在家裡；或者捻了一大水盆坐了一個早上，不好意思說要提早離開，越捻苦水越多，感覺甚是委屈。如何學會抽身是小時候我在破布子隊伍中的最大感想。

更多時候就是話家常，男的女的全來幫忙，人人小孩各自一組，通常這是暑假剛剛開始，如果作業其中一項是家長時間，就能順勢拍照完成一道親子功課。夏日騎樓這邊一圈那邊一圈，也像一種破布子趣味競賽。我懷念曾祖母彎身靜默捻著一株一株，有次榮幸與曾祖母同個組別，重聽的她從頭至尾都沒開口，業績因此最為驚人。過程中我們將洗好的破布子放在大水盆，這時破布子看起來像是水生植物，大盆中間再放一個小盆，主要拿來裝捻下的破布子顆粒，心無旁騖的曾祖母，同時負責小盆滿了倒入旁邊待命的水桶，由此可見她是多麼專注。水桶集中滿了之後就是送去老灶熬煮。

價位高時破布子還有人搶著偷摘呢。二爺的中崙仔有棵破布子就種在馬路旁邊，連續多年皆被果賊光顧，果賊摘採方式很像我們在快速道路的狼狽模樣，大概這樣要溜比較快速。近年我在城市飯桌遇到破布子料理，皆已成為料理的一部分了，我喜歡的破布子就只是破布子。它可以捏成塊狀像個肉餅，也可以做成瓶裝蔭油口味，超市就有在賣。破布子單吃是死鹹又甘甜，這是什麼奇怪的味道呢，始終讓人不能欲罷。破布子做完例行性地分送鄰家，來幫忙捻的捏的不能遺漏，大家意思意思拿個兩三塊；分送不完就是送進冷凍低溫封藏，多年之後從冰庫挖出陳年結凍且讓人難以辨識的破布子餅是臺灣家庭常有的事。

我們家已經很多年沒有做了，理由就是太過搞剛，大家都怕麻煩。加上光吃鄰居相贈的就得以吃到過冬。摘採、剪枝、水洗、手捻，火煮、捏塊或者裝瓶，還有事前工作諸如鹽薑配料的款備。再者遇到破布子長得不夠飽滿，不好捻又費時。天啊光想就非常厭世。

三年前看到嬸婆正捏塊，聽說她大清早就在後院一人作業，還在後院也是有緣故的，大概斤數做得不多，怕若是人家來幫，最後光分送就不夠吃，所以選在後院相對低調。這是破布子的心理學。我因收衣不小心撞見，心想還好已經捻完：嬸婆進行中的是流程中我最喜歡的一環：手工捏塊。我以前都邊捏邊吃。

捏塊怎麼書寫呢？首先從熱鍋舀出破布子泥來到乾淨的大水盆，等到溫度稍降，一只吃飯的碗，再拿一支飯匙，挖飯一般盛到碗中，翻滾翻滾再翻滾，通常大水盆之中同時出現好幾碗，這碗很燙就可先做他碗。飯匙不夠要跟鄰居相借。為什麼是飯匙呢？我也不太清楚，但它可以脫離飯桶，來到他處發揮作用，真心替它感到開心。翻滾直至凝固，最後碗手並用：可以用飯匙壓平，亦可以人工使力，一切完全實作，最後整塊放在一旁風乾，樣子不算太美，但是我很喜歡。

我喜歡這個成品逐漸成形的過程，它很複雜也很深刻，一如我喜歡的作品也是複雜深刻的，並且充滿自己的想法。聽說臺人食用破布子的習慣與平埔文化息息相關，而我不正生在一個埔漢交錯的山村聚落麼。那日我就在後院靜定欣賞嬸婆的純手工，蹲在旁邊不時偷捏一塊來吃。嬸婆做的不多，妯娌會做的也只剩少數，再過一年她也將離我遠行而去。她邊做邊說近來的養生，農曆逢九都要吃素，破布子正是素的，我沒有幫忙只是當個聽眾，傍晚我就收到嬸婆指名給我兩塊當成禮物，她是親自拿來我家。

今年五月，我也展開固定南北移動的嶄新生活，我的生活永遠擺在寫作之前，然而寫作卻是生活的不可或缺，我已漸漸和自己的文字安然共處，這是多麼重要的事，我相信自己可以寫夠長夠久夠遠，一波又一波。五月回來，同時也趕上水果大出，電視時常傳來盛產新聞，家中到處都是歸季，騎樓永遠進行裝箱封箱的功課。先是荔枝愛文，破布子與酪梨，龍眼是當前此刻，再過一陣子文旦白柚問世，九月樣便要上場了。我們其實有摘收破布子，準備送給專門製作的友人，摘回暫時擱在騎樓，卻因生得太美，竟被路過的阿婆相中，莫名其妙賣了兩三千元。我們今年也賣了很多酪梨，加上陸續種下的植栽，母親說明年雨水好就得以大豐收。我就回到處處充滿生機的山村，感覺生命盡是活力，讓人神清氣爽。

只是賣剩的破布子不好送人，十年前從中國嫁至臺灣的小嬸起心動念，於是我們有了一次破布子的夏季活動。果然消息很快傳開，聽聞我家正在製作，不少健在且年歲相當的長輩，陸續拎著自家椅子前來幫忙。我在老家三樓寫稿工作，偶爾下來探頭探腦，只是當個茶水小弟，還是忍不住挽起袖子意思意思。這是當天下午的事。

我們只是小本製作，我與三位阿婆圍成一圈，一個我不認識，另外兩個是老厝邊了，多數時候我沒話說，如同當年靜默的人瑞曾祖母，當時她都在想些什麼呢？話題最後帶到我的身上，問起一些生涯與情感的題目，兩個老厝邊先是搶著幫忙回答，最後形塑而出一個我也不太認識的自己。覺得她們相當可愛。

這時不認識的阿婆放下破布子，兩眼金金看著我說：你生甲卡親像你老母。白話就是：你長得跟媽媽比較像。當下不知如何反應，我補充一句說像媽媽好。媽媽卡水。我們雖是隔了好幾世代，交談卻不困難，這時母親出來探望，我要她客廳休息就好。三個阿婆也忙著說是。從小覺得自己跟家人都不相像，近年發現樣貌變得有像父親，但也更像母親，我像的是什麼年紀的他們呢。二十幾的時候。四十幾的時候。或者此時此刻的模樣。

那個下午我就坐了下來，專注聽著三位阿婆沒有中斷的談話，沒有插話的我努力捻著一株又一株。從小我就覺得破布子顆粒長得像極了念珠，而圍著摘捻的大人小孩，就像正在自製念珠的工作小組。畫面因此更加祥和美麗。曾祖母彎身的動作尤其吸引我，便在於她捻著破布子的姿勢，讓人懷疑她當破布子是一種佛珠在默數，一朵捻過一朵，捻得入神，形同一尊老菩薩呢。於是我就坐了下來，也當它念珠一般默默捻著，念著，想著與數著。祈願家人平安康健。手與心漸漸放了開來。

開地球——

自我的索引

朋友問我為何臉書仍不習慣開設地球，想了一下還是答不出所以然來。偶爾小開也是弄得神經兮兮，就像深怕別人探見什麼。然而我不是已在自己的文字作品，開了好大一整顆地球麼，心靈權限完全解除，徹徹底底沒有設防。我不知道地球上誰來讀它，書又將去到哪個地方。書有自己的運途，我有自己的路。也許某日回來相找，也許從此不再過問。

這幾年歷經了學院教育、書店踏查、跨界改編，以及大量大量的演講訓練，在我腳下的這路是新路是舊路，總的共的就是自己走出來的路。可以肯定的是：對於文學的喜愛還在，讀與寫與評與編的想法卻已不大相同。

所以我想寫一本書，一本關於創作的創作書，每篇文章皆能當成過去著作的延伸與腳註，也能視作未來故事的前言與序文。我想寫一本書當成生命的索引，疲憊愛睏的時候能夠按著目錄子題向上攀升，我不知道這些文章將會帶我前去一個怎樣的所在，但是充滿了各種可能。我想寫一本書當成三十歲自壽文，預告開啟寫作的下個十年與二十年。我想寫的一本書它理想的名字就是故事書。

那日，母親與我重新回到小東路勝利路的交接處。我們正在等待一個需要過夜的治癒流程。就著窗光我在牆邊盤腿寫作，我曾幻想有天若能與家人共享府城生活，搬到市區來住該有多好，卻沒想過會先來到這個地方。持續有人進來看訪，我認識與我不認識的，他們很少見到多年身在臺北的我，總是好奇問著我在敲些什麼，這時母親習慣幫忙插話，替我生出了一個神回覆。母親說：「我們戶閔正在寫故速酥啦。」

故事書：三合院靈光乍現

國家圖書館出版品預行編目（CIP）資料

故事書：三合院靈光乍現／楊富閔著 . -- 初版 . -- 臺北市：九歌，2018.10

面；　公分 . --（楊富閔作品集；3）

ISBN　978-986-450-215-8（平裝）

855　　107015511

作　　者 —— 楊富閔
責任編輯 —— 張晶惠
創 辦 人 —— 蔡文甫
發 行 人 —— 蔡澤玉
出　　版 —— 九歌出版社有限公司
臺北市 105 八德路 3 段 12 巷 57 弄 40 號
電話／02-25776564・傳真／02-25789205
郵政劃撥／0112295-1

九歌文學網　www.chiuko.com.tw

印　　刷 —— 晨捷印製股份有限公司
法律顧問 —— 龍躍天律師 ・ 蕭雄淋律師 ・ 董安丹律師
初　　版 —— 2018 年 10 月
定　　價 —— 320 元
書　　號 —— 0111603
I S B N —— 978-986-450-215-8 （平裝）

本書榮獲 國家文化藝術基金會 NCAF National Culture and Arts Foundation 文學類創作補助